규슈에서 일주일을

규슈에서 일주일을

ⓒ최미혜2016

초판 1쇄 발행 2016년 12월 16일

글 사진 최미혜

펴낸곳 도서출판 가쎄 [제 302-2005-00062호]
주소 서울 용산구 이촌로319 31-1105
전화 070. 7553. 1783 / 팩스 02. 749. 6911
인쇄 정민문화사
ISBN 978-89-93489-63-7

값 13,800원

홈페이지 www.gasse.co.kr
이메일 berlin@gasse.co.kr

규슈에서 일주일을

규슈에서 일주일을

프롤로그

오랫동안 일본 전 지역을 여행했습니다. 혹한의 겨울 아바시리의 유빙부터, 한여름 뜨거운 오키나와까지. 그중에서도 규슈는 특별한 곳입니다.

규슈 이야기를 하려고 합니다.

일본을 구성하는 네 개의 섬 중 가장 남쪽에 있는 규슈는 우리나라 여행자가 많이 찾는 곳입니다. 지리적인 이점으로 여행자들이 선호하는 곳이지만 한일 간의 역사적인 고리 또한 곳곳에 숨어 있습니다.

일주일 동안 규슈에 있는 일곱 개의 현을 만나려고 합니다. 후쿠오카 현에서 출발하여 사가 현, 나가사키 현, 구마모토 현, 가고시마 현, 미야자키 현, 오이타 현을 거쳐 다시 후쿠오카 현으로 돌아오는 여정입니다.

여행에서 찾는 것은 조금씩 다를 것입니다.

맛있는 음식, 개성 있는 거리, 느긋한 온천욕, 즐거운 쇼핑. 저마다 꿈꾸는 여행이 있겠지요.

저의 이번 여행은 한일 간의 '끈'을 찾아가는 여행입니다.

윤동주가 마지막을 맞은 후쿠오카와 그의 흔적, 아리타 도자기의 신이 된 이삼평, 군함도에서 보는 강제 징용의 아픔, 조선인의 눈물이 배어 있는 구마모토 성, 조선 도공들이 조성하여 지금까지 이어져 오고 있는 도자기 마을 미야마, 백제왕의 전설을 안고 있는 남향촌, 한반도에서 건너온 여성을 신으로 모시는 히메시마 섬 등, 일주일 동안 두 나라의 '끈'을 찾아가는 여행을 시작합니다.

어떤 역사를 마주하게 될지, 어떤 사람들을 만날지, 어떤 과제를 안게 될지 기대하며 첫발을 내디딥니다.

읽어 주시고 같이 생각할 수 있다면 이보다 고마운 일은 없습니다.

여행에 동행해 주시는 당신에게 마음을 담아 인사를 건넵니다.

の詩を読む会

第2号

福岡・尹東柱の

20周年記念誌（

TOSHOCAFE WORKSHOP
「てぶら de ポエム ～尹東柱の世界」
ユン・ドンジュ

日時：9月17日（土）
　　　14：00 ～ 16：00
主催：「福岡・尹東柱の詩を読む会」

韓国の詩人・尹東柱の詩を仲立ちに、さまざまな人が集い、お茶を飲みながら自由に語り合うカジュアルな会です。

言葉の響きやリズムを感じながら、尹東柱の詩に触れてみませんか。
尹東柱（1917 ～ 1945）は日本の殖民統治下という厳しい時代に生きながらも、平易な言葉と絶妙のリズム感で森羅万象をうたいました。命いとおしむまなざしは金子みすゞとも共通しています。
今回は韓国の小中学校の国語の教科書にも掲載されている童詩「うそ」を読みます。
自由な発想で作品に描かれた世界をイメージし、語り合いましょう。

＊「福岡・尹東柱の詩を読む会」では、毎月第3土曜日に福岡市で月例会を開いています。
今年からは、もっとたくさんの人に尹東柱の詩に気軽に触れてほしいという思いから、新たに「てぶら de ポエム」を始めました。今回、図書室カフェ ITOH の協力を得て、初めて北九州市で行います。事前知識や準備は必要ありません。
どうぞ気軽にお越しください。

※入場無料　ワンドリンクオーダー制
TEL 093-616-2185

첫째 날- 눈물과 위안으로 잡는 최초의 악수

(윤동주- 후쿠오카 현)
(윤동주의 〈쉽게 쓰여진 시〉에서 인용함)

여행의 시작

어젯밤 후쿠오카에 도착했다. 후쿠오카 공항은 도심과 가까워서 규슈의 관문이라 불리는 하카타 역까지 두 정거장이면 도착한다.

고소한 크루아상 냄새가 나는 빵집을 지나 티켓 발매 창구인 미도리노 마도구치(綠の窓口)로 갔다. 맞은편에 규슈레일패스 교환소가 있지만 저녁 8시 이후에는 미도리노 마도구치에서 레일패스를 교환할 수 있다. 이번 여행을 위해서 JR전규슈 레일패스 5일권(15,000엔)을 구입했다. 5일 동안 규슈 내의 철도를 제한 없이 이용할 수 있는 패스이다.

가까운 지역은 탈 때마다 승차권을 구입하고 이동이 많은 5일 동안 패스를 이용하기로 했다.

한국에서 받아온 인환증을 내고 레일패스로 교환했다. 든든한 발이 생긴 듯 안심이다. 교통비가 비싼 일본에서 패스 없이 이동하는 건 부담이 크다. 보통 때는 지정석을 예약해 두고 기차 시간에 맞추어 편하게 이동하지만 이번 여행은 시골로 다니는 날이 많아서 지정석을 예약하지 않았다. 짐도 간단히 꾸려왔다. 일주일 동안 매일 이동하는 데 트렁크를 끌고 다니며 짐에 치이고 싶지 않았다.

혼자 떠나는 느린 여행이다. 차를 빌려서 빨리 움직이며 짧은 시간에 많은 것을 보려 하지 않는다. 대중교통으로 움직이며 그날 볼 수 있는 만큼 천천히 규슈를 돌아보려고 한다. 이동하는 데 시간이 오래 걸리는 날도 있다. 그런 날은 원 없이 창밖 풍경을 보고, 한없이 생각 속에 빠질 것이다. 지치지 않고 하루하루 새로운 발견을 하며 일주일을 잘 꾸려나가자고 스스로를 다독인다.

여행이 시작되었다.

슬픔이 고이다

규슈에서 맞는 첫 아침이다.

일찌감치 호텔을 나왔다. 일기예보에서는 흐리거나 비가 내린다고 했는데 아직은 괜찮다. 평일이라면 출근하는 사람들로 붐빌 하카타 역은 토요일 아침이라 다소 조용하다. 지하철역으로 내려간다.

오늘은 매년 2월마다 시인 윤동주의 추도식이 열리는 모모치니시공원에 갔다가 '윤동주의 시를 읽는 모임'의 정기 모임에 참석하려고 한다.

지하철 공항선을 탔다. 추도식이 열리는 모모치니시공원은 정확히는 윤동주가 옥사한 후쿠오카 형무소 터는 아니다. '윤동주의 시를 읽는 모임'을 이끌고 있는 마나기 회장이 1961년에 찍은 사진과 현재 지도를 비교해 놓은 사진과 신문 기사를 보내주었다. 옛날 사진과 현재의 지도를 비교해 보면 윤동주가 수감되어 있던 후쿠오카 형무소는 현재 사와라구청 뒤쪽에 있는 문화 시설인 모모치팔레스 근처로 추정된다고 한다. 지금은 형무소 터에 다른 건물들이 들어서 있기 때문에 형무소 터와 가까운 후쿠오카 구치소 옆에 있는 모모치니시공원에서 추도식을 하고 있다.

후지사키 역에서 내렸다. 2번 출구로 나와서 계단을 올라 밖으로 나왔다.

갑자기 비가 쏟아진다. 한동안 서서 비가 멎기를 기다렸지만 쉽게

그칠 것 같지 않다. 우산을 펴고 빗속으로 들어선다.

조용한 주택가 골목을 따라 걷는다. 5분 정도 걸으니 왼쪽에 작은 공원이 보인다. 비가 쏟아지는데 마음은 차분히 가라앉는다. 내리는 비는 "왔어요?" 하고 건네는 인사 같다.

공원에는 벤치가 서너 개, 미끄럼틀과 놀이기구 하나가 덩그러니 놓여 있을 뿐 윤동주와 관련된 어떤 것도 없다. 미끄럼틀 뒤에는 철망으로 담이 쳐져 있고 그 너머가 후쿠오카 구치소이다. 여기서 매년 2월마다 담장을 마주하고 20년째 추도식이 열린다.

천천히 공원을 가로질러 그 앞에 선다. 가슴이 무겁게 뛴다. 추도식이 열린다는 소식을 들을 때마다 오고 싶었는데 이제야 와서 이 자리에 섰다. 세찬 비 때문에 바닥에는 금방 물웅덩이가 생겼다. 내 마음에도 슬픔이 고인다. 텅 빈 공원에 서서 뜨겁게 그를 추모한다.

비 때문에 어디 앉을 수도 없고 비를 피해 몸을 가릴 데도 없다. 한참을 그 자리에 서 있다가 공원을 나왔다. 몇 걸음 걷지 않아 거짓말처럼 비가 잦아든다. 아름다운 시인이 인사를 해 준 듯, 말을 걸어준 듯하다. 모모치공민관을 지나 역으로 돌아온다.

축축해진 옷을 말릴 겸 역 부근 찻집에서 뜨거운 커피를 주문했다. 문득 고개를 드니 구름 사이로 햇살이 눈부시다. 마음속의 안개가 걷힌 듯 개운하다.

윤동주를 기억하다

오늘은 '윤동주의 시를 읽는 모임' 의 정기 모임이 있는 날이다. 이 모임은 1994년 12월부터 현재까지 한 달에 한 번씩 모여 윤동주의 시를 읽는다. 모임 회원은 모두 일본인이다.

생각해 본다. 일반인이 모여 한 시인의, 그것도 남의 나라 시인의 시를 읽는 활동을 20년이 넘도록 계속하기가 쉬울까? 그 힘을 찾아보고 싶었다. 무엇이 그들에게 윤동주의 시를 20년 동안이나 읽게 했는지 그 힘의 원천을 알고 싶었다.

3년쯤 전에 우연히 모임의 블로그를 알게 되었다. 그 후 자주 블로그에 들어가 소식도 듣고 언젠가 이 모임에 참석하고 싶다고 생각했다.

마나기 회장과 하카타 역에서 만날 약속을 했다. 메일이나 메신저로는 이야기를 나누었지만 직접 얼굴을 마주하는 건 처음이다. 정기 모임은 늘 후쿠오카 시내에서 하는데 오늘은 모임이 생긴 이래 처음으로 기타규슈 시에서 모임을 가진다고 한다. 20년 만의 특별한 외출인 셈이다. 혼자 갈 수 있다고 했지만 찾기 힘들 수도 있으니 나오겠다고 한다. 모임 장소는 규슈공대 역 근처이다. 규슈공대는 첫길이라 찾아가려면 한참 헤맬 텐데 든든하다.

한국인 중에 윤동주를 모르는 사람도 없겠지만 그를 사랑하지 않는

사람도 드물 것이다. 윤동주는 1917년 구 만주에서 태어나 항일운동의 거점인 북간도 명동촌에서 소년 시절을 보냈다. 손재주도 많고 축구와 글쓰기를 좋아하는 소년이었다고 한다. 1938년에 현재 연세대학교의 전신인 연희전문학교 문과에 입학하여 1941년 12월에 학교를 졸업한 후 이듬해 일본으로 유학한다. 졸업 때까지 창씨개명을 하지 않았던 윤동주는 일본 유학을 위해 히라누마 도쥬(平沼東柱)로 개명한다. 고민 끝에 힘든 때일수록 공부해야 한다는 결심을 했을 것이다.

윤동주는 도쿄에 있는 릿교대학을 거쳐 그해 교토의 도시샤대학 영문과로 옮기게 된다. 이듬해 1943년 7월에 치안유지법 위반 혐의로 체포되어 2년 형을 선고받고 후쿠오카 형무소에 수감된다. 치안유지법 위반 혐의의 내용은 당시 사용이 금지되어 있던 한글로 시를 써서 독립운동에 관여했다는 것이다. 그 후 광복을 불과 6개월 앞두고 27세의 나이로 후쿠오카 형무소에서 옥사한다.

윤동주의 사인에 관해서는 명확히 알려진 바가 없다. 그의 죽음에 대한 의혹은 지금도 끊이지 않는다. 윤동주와 같은 죄목으로 같은 형무소에 수감되어 있던 고종사촌 송몽규가 윤동주의 유족에게 정체를 알 수 없는 주사를 반복해서 맞았다고 전했다고 한다. 송몽규도 같은 해 3월 10일에 옥사했기 때문에 그들의 사인이 병사가 아니라 인체 실험이었다는 견해도 많지만 직접적인 증거는 없으니 안타까울 뿐이다.

윤동주의 아버지는 아들의 시신을 수습하여 북간도 용정의 교회

묘지에 매장한다. 그 후 묘지는 잊힌 채 세월이 흐르고 그가 죽은 지 40년 만에 한 일본인 단체에 의해 묘비가 발견되고 묘지의 위치가 알려진다.

해방 후 윤동주의 시는 세상에 빛을 본다. 그의 시를 목숨처럼 소중히 보관했던 사람들이 있었기 때문에 가능한 일이었다.

기타규슈 가는 길

윤동주를 만난 것은 고등학교 1학년 겨울방학 때이다. 그전에도 '서시'나 '별 헤는 밤' 정도는 알고 있었지만 그때는 국내외 유명 시인의 시를 가리지 않고 읽는 재미에 빠져 있었다. 고등학교 1학년 겨울, 서울에서 학교에 다니던 친구가 종로서적 책표지로 곱게 싼 윤동주 시집과 크리스마스카드를 보내왔다. 나뭇가지 위에 눈이 내려앉은 표지의 시집이었다. 친구가 보낸 시집 덕분에 그해 겨울 나는 시인 윤동주를 만났다. 그의 시는 한 장 한 장 책장을 넘기기 아까울 정도로 아름다웠다.

'쉽게 쓰여진 시'의 마지막 구절 '나는 나에게 작은 손을 내밀어 눈물과 위안으로 잡는 최초의 악수'라는 구절을 읽었다. 읽을 때마다 눈물이 떨어졌다. 대학생이 되어 연세대학교에 있던 시비를 보고 그를 떠올리고 그 후 윤동주 문학관이며 일본의 릿교대학, 도시샤대학, 그가 친구들과 마지막 소풍을 갔다는 교토의 우지까지 그의 흔적을 따라

걸었다. 처음 만난 열여섯 살에는 아저씨였다가 대학에 입학할 즈음에는 오빠 나이가 되었다가, 그 후 동갑이 되었다가 시간이 흘러 그의 나이를 훌쩍 지났지만 그는 영원히 청년에 머물러 있다.

약속 시간보다 일찍 하카타 역에 도착했다. 마나기 회장은 더 먼저 나와 있었다. 머리를 단정히 뒤로 묶고 안경 너머 선한 눈동자가 반짝이는 여성이다. 20년간 모임을 이끄는 마나기 회장은 후쿠오카에서 태어나 도시샤대학을 나와 연세대학교에 유학했다. 윤동주는 같은 대학을 나와 도시샤대학으로 유학했다. 우연히 학교가 같은 것을 보아도 윤동주 시인과는 참으로 아름다운 인연이다.

처음 만났지만 편한 사람이었다. 둘이서 점심을 먹고 전철을 탔다. 모임 장소까지는 대략 한 시간 정도 걸린다. 마나기 회장이 들고 있는 가방을 본다. 오늘 읽을 시를 복사한 종이, 오미자차, 과자가 가방 가득이다. 이런 수고도 20년째인 셈이다.

도바타 역에서 내려 다음 전철을 기다렸다. 철길 너머 도바타 시내를 바라본다. 조용하고 깨끗한 인상이다. 기타규슈 시는 다섯 개의 시가 하나로 합병되어 만들어진 시이므로 상당히 넓은 지역에 걸쳐 있다. 건너편에 와카토하시가 보인다. 바다 위에 놓인 빨간 다리이다. 와카토구(區)와 도바타구(區)를 잇는 다리로 길이가 600미터가 넘는다. 여기서 보이는 건 하늘과 빨간 다리뿐이다. 그 아래 바다와 어우러져 얼마나 선명한 대비를 이룰지 상상한다. 밤이 되어 불이 들어오면 또 다른 느낌으로 아름다울 것이다.

규슈공대 역에 내렸다. 학생들로 넘칠 거리가 주말이어서 그런지 간혹 차만 지나다닐 뿐 조용하다. 역을.나와 계단을 내려오니 역 광장에 할머니 한 분이 서 있다. 우리를 기다리고 있는 나카무라 상이다. 첫길이라 찾기 힘들까 봐 일부러 나와 계신 것이다. 나카무라 상을 따라 꽤 걸었다. 지나다니는 사람이 없어서 나 혼자였다면 많이 헤맸을 것 같다.

한 시 반이 지나 모임 장소인 '이토 북 카페'에 도착했다. 두 분이 내가 먼저 들어가도록 자리를 내어 준다. 조금 긴장하고 문을 열었다. 모임은 두 시부터인데 벌써 열 명 정도 와 있다. 환히 웃으며 자리를 권한다. 조용한 환영에 여행자는 긴장이 풀린다. 테이블 위에 종이를 접어 만든 이름표가 놓여 있다. 내 이름표도 있다. 음료는 개별적으로 주문하고 계산을 마친다.

두 시가 되었다. 오늘 모인 인원은 열다섯 명. 모두 여성이다. 작은 테이블을 나란히 붙여 놓고 돌아가면서 자기소개를 한다. 한국에서 왔다고 환영해 준다. 기타규슈에서 처음 있는 모임이라 오늘 처음 나온 사람도 있다. 윤동주 시인에 대한 관심도 있지만 기본적으로 한국에 우호적이고 호감을 가진 사람들이다.

그를 만나다

시를 읽기 시작한다. 오늘 읽을 시는 '거짓부리' 라는 동시이다(1955년 정음사에서 출간된 시집 《하늘과 바람과 별과 시》에 있는 '거짓부리' 를 띄어쓰기 등 원문 그대로 싣습니다). 한글 시와 이부키 고(伊吹鄕)가 일본어로 번역한 시를 나란히 놓고 읽기 시작한다.

거짓부리

똑, 똑, 똑,
문좀 열어 주세요
하룻밤 자고 갑시다.
　　밤은 깊고 날은 추운데
　　거 누굴까?
문열어 주고 보니
검둥이의 꼬리가
거짓부리한걸.

꼬기요, 꼬기요,
달걀 낳았다.
간난아 어서 집어 가거라
　　간난이 뛰어가 보니

달걀은 무슨 달걀,
고놈의 암탉이
대낮에 새빨간
거짓부리 한걸.

　　윤동주의 작품은 30퍼센트 정도가 동시라고 하는데 다른 시가 유명하다 보니 상대적으로 동시에 대한 관심은 덜 한 것 같다.《하늘과 바람과 별과 시》시집에 수록된 시를 중심으로 읽을 거라고 생각했지만 동시여서 더 신선하다.

　　남편의 전근으로 도쿄에서 기타규슈로 이사 왔다는 성우 일을 하는 분이 먼저 낭독했다. 목소리가 정말 좋았다. '은방울이 굴러가는' 이라는 표현이 괜히 있는 게 아니다. 그다음에 내가 낭독하는 게 무안할 정도였다. 한국에서 왔다고 내게도 낭독을 시킨다. 이렇게 두 번 낭독을 하고 시에 대해 의견을 나누기 시작했다. 짧은 동시 한 편을 놓고 놀랄 만큼 다양한 의견이 오간다. 모두 자유롭게 시를 읽은 감상을 나눈다.

　　"흰색, 빨간색, 검은색 같은 색의 대비, 밤과 낮의 대비가 돋보인다."

　　"시인은 조선의 상황이 거짓말이면 좋겠다는 생각을 했을지도 모른다."

　　"동화를 읽는 것 같이 상상력을 자극한다."

"일곱 살 아래 여동생과 열 살 아래 남동생에게 들려주는 시일지도 모른다."

"가혹한 상황 속에서 이런 시를 쓸 수 있다니 놀랍다."

"어두운 시대에 아이에게 희망을 거는 시이다."

"윤동주 자신이 순수한 마음을 잃고 싶지 않다는 마음이 있었는지도 모른다." 등 다양한 감상이 쏟아진다.

"똑, 똑, 똑, 하고 읽을 때마다 울림이 좋다."

"꼼꼼하게 계산하여 한 줄 한 줄 힘들여 쓴 것이 느껴진다."는 의견도 있어서 새로웠다. 고교 시절 이후 이렇게 시를 분석하거나 의견을 나누는 기회는 거의 없었기 때문에 의미 있는 시간이다.

"아버지나 어머니가 자녀에게, 혹은 오빠나 언니가 어린 동생에게 동화를 들려주고 있는 정경이 떠올랐다. 아이들에게 '뭘까?' 하는 기대를 품게 하고 '실은 거짓말이야' 하고 놀리는 그런 설정이 유머러스하다."는 감상도 있었다.

그밖에 동물에 대한 시인의 시선이 느껴지며, 고심하면서 시를 쓰는 그의 모습도 떠오르고, 그가 하나하나의 작품에 이렇게 힘을 쏟는 데는 동시를 통해 아이들의 마음을 북돋아 주려는 생각이 있었을 것이며, 東柱(동주)라는 본명을 두고 童柱(동주)나 童舟(동주)라는 펜네임을 썼던 것도 그런 마음이 있었기 때문이 아닐까 하는 의견도 나누었다. 시를 읽은 가벼운 감상 정도가 아니라 시인에 대한 깊은 이해나

시를 대하는 진지함에 놀랐다.

두 시간이 훌쩍 지나갔다. 모든 과정은 나카무라 상이 녹음하여 나중에 글로 기록한다고 한다. 70세인 나카무라 상이 이 많은 이야기를 글로 옮기는 것도 보통 일은 아니다. 그야말로 윤동주의 시에 온 정성을 들이는 사람들이다.

마지막에는 열다섯 명이 모두 돌아가면서 시를 낭독한다. 마나기 회장, 하라다 상, 나 이렇게 세 명은 한국어로 낭독하고 다른 분들은 일본어로 낭독했다. 얼마나 진지하게 정성을 다해 읽는지, 목소리가 고운지 좋은지를 떠나 그 모습은 아름다웠다. 열다섯 편의 새로운 시를 읽는 느낌이다. 오늘은 지역을 달리한 모임이기 때문에 두 시간 동안 시를 읽고 감상을 나누었지만 원래는 세 시간 동안 한 편의 시를 읽고 생각을 나누고 토론한다.

네 시쯤 시를 읽는 시간이 끝나고 올해 3월에 RKB 매일방송에서 방영된 〈윤동주의 시로 이어지는 한일 관계〉 영상을 다 같이 보았다. 마나기 회장도 나오고 이어령 전 문화부 장관, 윤동주의 조카 윤인석 성균관대 교수 등 한국인 인사도 등장하는 영상이었다. 영상을 보는 시간은 진지했다. 눈물을 글썽이는 회원도 있었다.

모든 순서가 끝났다. 마나기 회장이 한국산 오미자차와 사카이 미나토에서 산 미즈키 시게루 기념 과자를 꺼내고 다른 분이 오이타의 센베와 만쥬도 올려놓아 테이블 위가 풍성하다. 나도 작은 선물을 보냈다.

차를 마시며 정겨운 이야기가 오간다.

따뜻한 저녁밥을 함께 먹다

다섯 시가 지났다. 시간이 안 되는 분들은 먼저 자리를 뜨고 남은 여덟 명은 저녁을 먹으러 가기로 했다. 부근 지리를 잘 아는 나카무라 상이 근처에 괜찮은 식당이 있다고 한다. 다 같이 버스를 타고 도바타에서 내렸다. 나카무라 상을 따라 재래시장으로 들어간다.

시장 입구에 있는 야채가게를 지난다. 주인으로 보이는 아주머니는 플라스틱 보조 의자에 앉아 있고 계산대 앞에 있는 의자는 고양이가 차지했다. 천막 밖에는 비가 내리는데 아주머니와 고양이는 세상 시름을 잊은 듯 평화롭다. 고양이를 들여다보니 아주머니가 "우리 가게 점장이에요." 한다. 점장은 나른하다는 듯 하품을 하더니 다소 거만한 표정으로 여행자를 올려다본다. 아쉬울 게 없다는 표정이다.

시장을 지나 식당으로 들어선다. '반가사' 라는 가정식 식당이다. 테이블이 두 개, 신발을 벗고 올라가면 좌식 테이블이 세 개 있는 자그마한 가게이다. 생긴 지 50~60년 정도 되었다고 한다. 청년 둘이 주방에서 부지런히 움직이고 있다. 나카무라 상이 이 가게는 할아버지 대에 시작해서 아버지 대를 지나 두 청년은 아마 손자 대일 거라고 말해준다.

할아버지에게 이어받은 솜씨로 손자가 어떤 음식을 내어 올지 즐겁게 기대한다.

차가운 우롱차로 다 같이 건배를 하고 저녁을 먹는다. 음식은 맛있었다. 후쿠오카식 꼬치, 치킨 가라아게, 샐러드, 버섯구이, 만두 등 음식이 나올 때마다 서로 나누고 권하면서 맛있게 먹었다. 또 윤동주의 시, 모임 활동부터 여행, 음식까지 많은 이야기를 나누었다. 이야기도 농익어서 취할 만큼 즐거웠다. 여덟 명 중에 두 사람이 내 이름과 같은 한자를 쓰는 이름이어서 대단한 인연이라도 된 듯 서로의 이름을 불러 본다. 세 사람은 각각 '미에, 에미, 미혜' 라고 불린다.

식사를 마치고 나올 때이다. 당연히 인원수로 나누어 낸다고 생각했는데 금액을 7로 나누어 식사비를 거둔다. 손님이니까 대접하겠다고 내 몫을 일곱 분이 나누어 낸다. 고마운 마음으로 식당을 나왔다.

비가 내린다. 우산 서너 개를 나누어 쓰고 도바타 역으로 와서 전철을 탔다. 중간에 두 사람이 먼저 내리고 하카타 역에서 나를 포함한 네 사람이 내렸다. 다른 두 사람은 더 가야 한다. 후쿠오카 시내에 사는 사람은 별로 없고 대부분 근교에 살면서 모임 때마다 한 시간 이상 이동해서 오고 있다.

회원들의 평균 연령은 높다. 오늘은 못나왔지만 94세가 되는 분부터 50대까지 있으니 평균연령은 60대 초, 중반 정도이다. 모임이 생긴 지 20년이 넘다 보니 초창기의 회원이라면 무려 20년을 이 모임과 함께 해온 셈이다. 그 긴 시간 동안 읽어 온 윤동주의 시는 회원들 인생의 일부가 되었을지도 모른다. 이분들의 열정과 시인을 향한 존경과 사랑에 고개가 숙여진다.

기억나지 않아도 그립다

모임에서도, 전철에서도 내 옆에 앉아 있던 이시마쓰 상의 이야기가 떠오른다. 이시마쓰 상은 강원도 영월에서 태어났다고 한다. 두 살이 되던 1945년에 영월을 떠나 부모님의 고향 후쿠오카로 건너왔는데 어릴 때 어머니가 부르던 아리랑이 아직도 기억난다고 한다. 부모님은 두 분 다 일본인이지만 이상하게도 자신은 한국을 다른 나라라고 생각한 적이 없다고 한다. 아무런 기억도 없지만 태어난 고향에 꼭 가보고 싶어서 몇 해 전 어렵게 영월을 찾아갔다고 한다.

시내를 둘러보고 가게에서 물건을 샀는데 주인이 하나 값에 두 개를 주었다고 한다. 왜 두 개를 주느냐고 물었더니 주인이 "외국인이니까요."라고 했다는데 그 말이 너무나 서운해서 울었다고 한다. 자신은 반은 한국인이라고 생각했는데 한국인에게 나는 그냥 외국인이구나 하는 마음에 슬펐다고 한다. 73세의 이시마쓰 상, 아무것도 기억나지 않는 고향에 대한 그리움과 애정을 안고 있는 분이었다.

이시마쓰 상은 어릴 때 후쿠오카 형무소 주변에 살았는데 빨간

벽돌담이 늘어서 있던 골목을 지나던 일이 떠오른다고 했다. 그때는 아무것도 모르고 그 길을 지나 학교에 다녔다고 눈물지었다. 후에 자신이 지나다니던 그 길옆이 형무소였다는 걸 알았고 그 안에서 자신이 사랑하는 시인이 옥사한 것을 알고 죄책감을 가졌다고 했다. 처음 만난 내게도 미안하다고 했다.

전철에는 빈자리가 많다. 이시마쓰 상이 작은 소리로 '아리랑'과 '석별' '고양의 봄'을 불러주신다. 목소리가 아이처럼 곱다. 짧은 시간이지만 눈물이 비친다. 나는 하카타 역에서 내리고 이시마쓰 상은 더 가야 한다. 인사를 하고 헤어져 하카타 역을 나왔다.

이시마쓰 상의 이야기를 들으며 400여 년 전에, 혹은 그보다 더 오래전에, 또는 일제 강점기 때 이 땅에 끌려와, 평생 신앙처럼 고향을 품고 살다가 세상을 떠난 분들의 그리움을 생각했다. 오래되어서 가물가물한 기억을 붙잡고 고향을 그리워했을 분들이나, 자신은 가 보지도 못한 부모의 고향을 유전병처럼 안고 그리워했을 그들을 생각하며 걷는다.

함께 만들어가는 끈

호텔에 도착하니 열 시가 다 되었다.

尹東柱詩人に出会う 旅

てぶら de ポエム

ユン・ドンジュ

〜尹東柱の世界

in 図書室カフェ itoh

2016 年 9 月 17 日(土)

마나기 회장과 세타카 상이 준 회지를 펼쳐본다. 회원들의 토론 내용과 활동 모습을 담은 모임의 회지이다. 몇 년간을 정리하여 한 번씩 발간하는 비정기적 회지인데 작년에 3회가 발간되었다. 특히 3회는 1994년 12월 23일 발족부터, 95년 1월에 '서시'를 시작으로 작년까지 읽어온 시가 월별로 꼼꼼하게 적혀 있어서 모임의 긴 역사를 한눈에 볼 수 있다. 나카무라 상이 매번 녹음한 내용도 고스란히 글로 옮겨져 있다. 지난 20년 동안의 추도식 등 행사 사진도 실려 있어서 사진을 들여다보며 오늘 만난 얼굴들을 찾기도 했다. 오래전 행사 사진에서 젊은 그들도 발견했다. 마나기 회장을 비롯한 회원들이 긴 시간 동안 얼마나 헌신적으로 애정을 쏟아왔는지 그들의 정성이 오롯이 전해진다.

오늘 하루를 돌아본다. 오전에는 모모치니시공원에 다녀왔다. 전부터 가고 싶은 곳이었고 의미 있는 장소였다. 오후에는 시를 읽는 모임에 참석했다.

반갑게 맞아준 사람들, 한마음으로 시를 읽던 진지한 시간, 함께 먹은 따뜻한 저녁밥, 이 모든 것이 오늘 하루 동안 있었다. 윤동주의 시 아래 두 나라 사람들이 마주 앉아 이야기를 나누었다. 모임 사람들과는 처음 만났을 때부터 편했다. 친해지는 데 시간이 걸리는 내 성격으로는 드문 일이다. 하지만 윤동주라는 시인을 매개로 오래 알던 사이처럼 편했다. 그가 이어준 '끈'이 그들과 나를 만나게 한 것이다.

윤동주를 생각한다

그는 매일 밤 형무소의 차가운 바닥에 누워 북간도에 있는 가족을, 책상을 같이 하던 친구들을 그리워했을 것이다. '별 헤는 밤'을 낮은 소리로 외워본다. 별 하나에 아름다운 말 한마디씩 불러 보던 그 청년은, 밤이 아직 남았지만, 그의 청춘이 아직 다 하지 않았지만 형무소에서 마지막을 맞는다.

그리던 광복을 6개월 앞두고 스러져 간 젊음이 안타깝다. 몸이 떨릴 정도로 억울하다. 하지만 20년이 넘게 그의 시를 읽고 매년 추도식을 열어 그를 기리고 그의 시를 알리기 위해 애쓰는 일본인들도 기억하고 싶다. 누가 시켜서 하는 일도 아니고 누가 알아주는 일도 아니다. 매달 모임 장소를 빌리는 것부터 추도식 비용까지 모두 회원들이 부담하며 지금까지 이어 오고 있다.

모임에 참석하여 두 시간 동안 시에 대한 감상을 나누는 모습을 보고 이 모임의 저력을 느꼈다. 그의 시와 함께 나이를 먹은 초로의 회원들이 시 한 줄을 놓고 시인의 생각을 가늠하며 머리를 맞대고 있는 모습은 아름다웠다.

윤동주의 시는 맑다

그의 시를 읽으면서 다툼을 떠올릴 수 없다. 그의 시를 읽으면 까닭 모를 죄책감이 든다. 맑은 시가 영혼에 주는 감동과 모임 사람들의 열정이 오랫동안 그의 시를 읽게 하는 힘의 원천이라는 생각이 든다.

'쉽게 쓰여진 시'가 떠오른다. 비 오는 후쿠오카에서 떠올리는 시는 아프다.

"육첩방은 남의 나라
창밖에 밤비가 속살거리는데

등불을 밝혀 어둠을 조금 내몰고
시대처럼 올 아침을 기다리는 나

나는 나에게 작은 손을 내밀어
눈물과 위안으로 잡는 최초의 악수"

밤비가 속살거린다.
눈물과 위안으로 그를 애도한다.
시가 아프게 나를 위로한다.
밤이 느리게 지나간다.

둘째 날- 신이 된 사나이
(이삼평- 사가 현)

가라쓰 가는 길

하카타 역에서 가라쓰(唐津)까지 간다.

일요일 이른 시간이라 전철은 비어 있다. 비어 있는 전철을 탈 기회
는 좀처럼 없다. 천장에 커다란 원을 그리며 매달려 있는 손잡이, 나무
로 된 연갈색 등받이, 네 가지 색이 섞인 원목 바닥……. 익숙하던 풍경
이 낯설다. 천장부터 바닥까지 찬찬히 훑어본다.

오늘은 사가 현에 있는 조선인 도공들의 흔적을 찾아간다. 이마리(伊
万里)에 있는 비요의 마을에 갔다가 도자기의 신이라 불리는 이삼평을

찾아 아리타로 이동한다.

다이뉴 역 부근을 지난다. 오른쪽으로 바다가 펼쳐진다. 몇 년 전에 본 남해 땅끝마을 바다가 떠오른다. 비가 쏟아질 것 같은 하늘, 바다인지 하늘인지 경계조차 흐릿한 바다, 안개 속에서 둥그스름해 보이던 섬, 모든 것이 닮았다.

가라쓰에 도착했다. 이마리로 가는 기차는 출발까지 20여 분이 남았다.

항구 도시 가라쓰는 역사적으로 한반도와 중국과의 교역이 활발히 이루어지던 곳이다. 임진왜란 당시 도요토미 히데요시가 군사를 집결시켜 조선 침략 전쟁을 준비한 곳이기도 하다. 지금은 터만 남아 있는 히젠나고야 성터나 나고야성박물관 등 살펴볼 곳이 많다. 또 조선 도자기의 영향을 받은 가라쓰야키도 유명하다. 가라쓰야키는 임진왜란 때 조선에서 가라쓰로 끌려온 도공들의 기술을 토대로 탄생한 도자기를 말한다.

역을 나와 버스터미널을 지나 거리를 둘러보면서 걷다 보면 멀리 산위에 가라쓰 성이 보인다. 가라쓰 성은 에도시대를 연 도쿠가와 이에야스가 1602년부터 7년에 걸쳐 완공한 성으로 바다가 내려다보이는 산위에 있다. 성을 만드는 자재는 도요토미 히데요시의 근거지였던 히젠나고야 성을 허문 것을 가져다 썼다고 한다. 권력의 비정함이 느껴진다.

어느 해 봄, 긴 계단을 올라 가라쓰 성에 올랐다. 100엔을 내면 성 입구까지 올라가는 엘리베이터를 탈 수 있지만 벚꽃 눈이 내리는 계단의 유혹을 떨치기는 어려웠다. 헉헉거리며 계단을 올라 성에 들어서니 바닥이 온통 벚꽃 잎으로 하얗다. 꽃눈을 맞으며 가라쓰 시내와 그 너머 대한해협을 바라본 적이 있다. 조선 침략의 전진 기지였던 히젠나고야 성의 부재를 사용해 만든 성에서 바라보는 바다는 많은 생각을 하게 했다. 이번에는 가라쓰 성에 들를 시간이 안 된다.

바람을 쐴 겸 역을 나섰다. 이차선 도로 끝까지 벚나무가 서 있다. 봄에 꽃을 피우면 길 저편까지 환해진다. 가라쓰 성과 히젠나고야 성터, 나고야성박물관은 다시 가고 싶은 곳이다. 아쉬움을 안고 역으로 돌아온다.

비요의 마을, 오카와치야마

이마리로 가는 기차가 출발했다.

승객은 나까지 다섯. 대부분 어르신이다. 정적이 흐른다. 휴대폰에 고개를 박고 있는 사람도 없다. 드문드문 앉아서 가끔 눈길이 얽히면 어색한 웃음을 지으며 창밖을 바라본다. 내릴 때는 멋쩍은 눈인사까지 주고받는다.

기차 밖 풍경도 기대 이상이다. 옅은 안개는 산을 두르고 그 아래

자리 잡은 동네는 정답다. 있는 대로 가슴을 펴고 두 팔을 벌린 자연이 온몸으로 여행자를 반긴다.

이마리에 도착했다. 역 맞은편에서 오카와치야마(大川內山)로 가는 버스를 기다린다.

임진왜란, 정유재란 당시 금속공, 목공, 도공 등 수많은 조선의 기술자들이 일본으로 끌려온다. 그중 일본이 가장 공을 들인 것은 도공들의 뛰어난 기술을 이용한 도자기 산업이다. 당시 일본은 흙으로 그릇을 만드는 도기 기술은 있었지만 유약을 사용해서 고온에 구워내는 자기 생산 기술은 없었다. 그래서 무장들은 앞을 다투어 자신의 지역으로 조선의 도공들을 끌고 온다. 오카와치야마는 그 도공들의 자취가 남아 있는 마을이다.

네 명을 태우고 버스가 출발했다. 연분홍과 진한 분홍 꽃이 활짝 핀 동네를 서너 개 지나 비밀스러운 도자기 마을, 오카와치야마에 도착했다.

오카와치야마는 깊은 산으로 둘러싸여 '비요의 마을'로 불리는 곳이다. 지금도 평일에 하루 6편, 주말에는 겨우 5편의 버스가 다닐 뿐이다. 이곳은 17세기에 나베시마 번(藩)의 번요가 설치되어 천황가와 쇼군, 각 번주들에게 헌상하는 최고 품질의 도자기가 구워지던 곳으로 현재까지 삼십여 개의 가마가 전통을 잇고 있다.

버스에서 내렸다. 마을을 삼면으로 두르고 있는 산은 바위를 업고 앞으로 밀어붙이듯 압도하며 솟아 있다. 올려다보니 막막하다. 도공들은 이 외진 산골에서 외부와 단절된 채 도자기를 만드는 데 일생을 바쳐야 했다. 병풍같이 마을을 둘러싼 바위산은 탄성을 자아내지만 아픈 역사를 생각하면 마음이 무거워진다. 주위를 둘러보았다. 사방이 산, 산 너머도 다시 산이다. 도공들은 고향 쪽을 바라볼 트여 있는 언덕조차 찾기 어려웠을 것이다.

도공무연탑(陶工無緣塔)으로 발길을 옮긴다. 도공들은 끌려온 이국땅에서 대부분 이름도 연고도 어떤 자취도 남기지 못하고 세상을 떠났고 그들의 무덤은 아무도 찾지 않는 채 마을 곳곳에 방치되어 있었다고 한다. 안타깝게 생각한 마을 사람들이 조선인 도공을 비롯해 연고가 없는 도공들의 비석 880개를 모아서 쌓은 것이 도공무연탑이다. 지금도 해마다 마을 사람들이 제사를 지낸다고 한다. 버스에서 내려 자기로 만들어진 다리를 건너면 왼쪽에 나무로 만든 작은 이정표가 보인다. 도공무연탑은 언덕에 있는 공동묘지 옆에 있다.

이끼로 덮인 돌계단을 올라간다. 탑 앞에 섰다. 전쟁은 많은 것을 앗아간다. 이국땅 외진 골짜기에서 평생 그리움을 안고 모진 삶을 이어갔을 넋이 여기 있다. 늙은 부모님이 계셨을지 모른다. 사랑하는 사람을 잃었을지 모른다. 눈에 넣어도 아프지 않은 자식을 평생 그리워했을지도 모른다. 오랜 세월을 뛰어넘어 같은 슬픔을 느낀다. 같은 눈물이 흐른다.

비석을 들여다보았다. 글자를 알아보기 어렵다. 오랜 풍상에 깨어지거나 문드러지고 두터운 이끼가 층층이 자라서 알아볼 수가 없다. 뭐든 드리고 싶었다. 꽃 한 송이도 준비하지 못한 미련함을 탓한다. 가방을 열어 올릴 것이 있나 찾았다. 간식으로 넣어온 과자와 음료를 올렸다. 나무 사이로 보이는 하늘빛은 푸르다. 무심하게 눈부시다.

계단을 내려와 건너편에 있는 마을로 향한다. 커다란 도자기 판에 마을 안내도가 그려져 있다. 대략 한두 시간 정도면 돌아볼 수 있는 자그마한 마을이다. 마을은 옛 모습을 간직하고 있다. 그리운 분들이 불쑥 걸어 나올 것 같은 좁은 골목과 뒤안길이 가득하다.

길은 야트막한 오르막이다. 납작한 돌을 깐 좁은 골목이 이어져 사이좋게 얽혀 있다. 중간중간 도자기 판매점도 보인다. 아기자기한 소품도 많고 과감한 색상을 사용한 화려한 도자기도 눈에 띤다. 골목마다 꽃이나 화초를 내놓아서 정겨움을 더한다.

마을 꼭대기에 있는 도예관을 지나 나베시마 번요공원을 거쳐 오름가마로 간다. 이곳에 있는 오름가마는 나베시마 번이 헌상품을 굽던 가마를 재현한 것인데 지금도 불을 지핀다고 한다. 보기에는 못 쓰는 가마처럼 보이지만 1년에 한 번 마을에서 도자기를 굽는 집안이 모두 모여 가마에 불을 붙이고 헌상하는 의식을 치른다고 한다. 수백 년 전의 방식을 지금도 이어가고 있는 것이다.

마을 입구에 설치된 관문터 쪽으로 걷는다. 도자기 기술이 누설되지

않도록 외부인을 통제하고 통행하는 사람과 소지품을 조사하던 관문이 있던 자리이다. 관문터 옆에 있는 '도공교' 너머로 가라우스고야(唐臼小屋)가 보인다. 당시는 수력을 이용한 가라우스(대형 절구)로 도자기의 원료가 되는 도석을 잘게 부수었다고 한다. 가라우스의 반대편에 물이 고이는 큰 홈이 있고 홈에 물이 가득 차면 한꺼번에 많은 양이 쏟아지면서 그 반동으로 절구가 도석을 잘게 부수는 원리이다. 처음 들으면 펄쩍 뛸 만큼 큰소리를 내며 물이 쏟아진다. 마을 곳곳에서 밤낮으로 삐걱거리는 가라우스 소리와 세차게 쏟아지는 물소리가 들려왔을 것이다.

도자기 종 여러 개로 만든 메오토시탑에서는 고운 멜로디가 흐른다. 맑은 소리에 가슴 끝이 아리다.

버스가 왔다. 꽃이 핀 동네를 다시 지난다. 버스 창은 꽃을 담은 액자가 된다.

이마리 느린 산책

이마리 역에 도착했다. 아리타행 기차를 타기 전에 조금 걷고 싶다. 역 옆의 관광안내소에서 지도를 한 장 받아들고 걷기 시작했다. 작은 동네라 한 바퀴 도는 데 오래 걸리지 않는다.

역에서 멀지 않은 곳에 있는 도자기로 만든 대형 인형 '고(古)이마리

미인상'을 시작으로 도기상가자료관, 바다의 실크로드관을 거쳐 사가 은행 벽에 설치된 대형 가라쿠리시계를 지나 상생교 앞에 섰다. 상생교 는 17세기 초에 아리타와 가라쓰에서 생산된 도자기를 유럽으로 실어 나르던 항구가 있던 자리이기도 하다. 다리 옆에 안내문이 붙어 있지만 그리 넓지 않은 강폭을 보고 당시의 영광을 떠올리기는 어렵다.

이마리에는 행복을 부르는 세 개의 다리가 있다. 모두 한눈에 들어 오는 거리에 있다. 부부나 연인이 함께 건너면 사이가 좋아진다고 하 는 상생교를 지나, 건강을 기원하면서 걸으면 장수한다는 연명교 —다 리 이름이 구구하지만 오래 산다니 건너고 싶어졌다—를 걷고 평생 행 복해진다는 행복교를 건넜다. 나는 오늘 '평생 사이좋게 행복하게 오 래 사는' 티켓을 거머쥔 셈이다. 15분 산책이 주는 즐거움, 여행자에게 건네는 위안이다. '그러고 보니 연명교를 건널 때는 건강을 기원하면서 걸으라고 했는데 딴 생각하면서 걸었는데? 다시 걸어야 하나?' 이런 싱거운 생각도 하면서 이마리 신사로 향했다.

신사 앞은 공사 중이다. 나이 든 인부가 잎이 무성한 나무 아래 앉아 있다. 도시락을 먹으며 누군가와 통화를 한다. 활짝 웃는다. 좋은 일이 있나 보다. 어디나 사람 사는 건 비슷하다.

신사는 고요했다. 경내에는 신라계 인물로 전해지는 과자의 신 다지 마모리노 미코토(田道間守命)를 모신 나카시마 신사도 있다. 과자를 연상시키는 색다른 신사를 기대했는데 여느 신사와 다름없다.

다시 역으로 돌아온다. 다리 건너편에 있는 아이아이도오리 길로 들어섰다. 강을 따라 난간마다 에도 시대의 건축물 그림과 당시 지도로 꾸며 놓아서 산책이 즐겁다. 느릿느릿 걷다가 눈길을 끄는 그림이 나오면 들여다보고 다시 걷기를 반복한다. 어디선가 맑은 멜로디가 흐른다. 좀 전에 지나온 사가은행의 가라쿠리시계에서 나는 소리이다. 영롱한 멜로디는 매 시각 정시에 흘러나와서 작은 마을을 가득 채운다.

역에 도착했다. 역 옆에 있는 패밀리 레스토랑에서 점심을 먹었다. 한 시간 넘게 걸으면서 젊은 사람은 한 명도 못 봤는데 레스토랑에는 젊은이도 아이도 많다. '휴…… 아이들이 있구나.' 남의 나라 사정에 내가 안도한다.

기차가 떠나려는 순간 아주머니 두 분이 수다를 떨며 올라와 맞은편에 앉았다. 역무원 아저씨가 허겁지겁 따라 올라온다. "와스레모노데스(잊고 가셨어요)." 커피를 전해주고 급히 내려간다. 이야기에 빠져서 마시던 커피를 두고 온 모양이다. 귀찮은 기색도 없이 뛰어온 역무원, 고개 숙여 연신 인사하는 아주머니들, 다시 오고 싶은 따뜻한 동네이다.

기차가 출발했다. 공터에 여러 그루 심어 놓은 어린 나무에 눈길을 준다. 작은 몸으로 꽃을 피운 철길 가의 풀에도 응원을 보낸다. 커다란 나무 아래 그네며 미끄럼틀이 놓인 아담한 놀이터도 지난다. 저렇게 큰 나무가 듬직하게 지켜주는 그늘에서 다시 한 번 아이로 뛰어놀고 싶다.

그립고 그립다

아리타(有田) 역에 도착했다.

역에는 등받이가 없는 기다란 의자가 세 개 놓여 있다. 그 위에 손뜨개 꽃 여러 개를 이어 붙인 방석이 깔려 있다. 누군가의 손길로 작은 역은 알록달록 고운 꽃밭이 되었다. 역은 아리타 도자기의 발상지라는 유명세에 비하면 소박하다. 역 앞에는 이삼평이 발견했다는 이즈미 산의 백자도석(고령토)이 놓여 있다. 흰색과 베이지색, 노란색이 섞인 돌덩이이다.

아리타는 이삼평을 빼고는 말이 되지 않는다. 이삼평은 정유재란 때 일본으로 끌려온 조선인 도공으로 태어난 시기는 정확히 전해지지 않으며 고향은 충남 공주로 추정된다고 한다. 그가 1616년경에 아리타의 이즈미 산에서 백자도석을 발견하여 백자를 굽는 데 성공한 후 이 일대에 많은 가마가 만들어지고 도자기 거리가 형성되었다.

역에서 큼지막한 마을 안내도를 한 장 챙기고 벽에 붙은 시간표를 보면서 이즈미 산 자석장에 가는 버스 시간을 확인한다. 버스가 올 때까지 꽤 기다려야 한다. 시간을 계산해 보니 돌아가는 기차 시간이 빠듯할 것 같다. 할 수 없이 이즈미 산 자석장까지 택시를 타고 가서 거기서부터 역까지 걸어오면서 이삼평의 흔적을 살펴보기로 했다. 역 앞에 택시 세 대가 서 있다. 그중 한 대를 타고 자석장까지 간다(1,100엔).

자석장에 도착했다. 자석장 입구에서 왼쪽으로 가면 그 옛날에 도공들과 석공들이 세웠다는 석장신사가 나온다. 오른쪽에는 이삼평이 자석장을 발견했다는 석비가 세워져 있다. 자석장으로 내려가는 계단 하나하나에도 도자기 조각이 가지런히 박혀 있다. 자석장 가까이 다가섰다. 입이 벌어진다. 도자기 원료를 얻기 위해 산을 파 내려가서 산이 있던 자리는 거대한 웅덩이로 변해 있다. 웅덩이의 규모를 보면 얼마나 엄청난 양의 도석이 채굴되었을지 상상할 수 있다. 400년 전에 내 눈앞에 있었을 산 하나가 모두 도자기로 만들어진 것이다. 원래의 높이는 가늠이 되지 않는다. 주변에 있는 산의 높이를 보고 추측할 수밖에 없다.

안내문에는 일본어로 길게, 그 아래 한국어와 영어로 짧은 설명이 붙어 있다.

'일본 자기의 발상지인 아리타의 역사는 17세기 초반 조선인 도공 이삼평이 이곳 이즈미 산에서 도석을 발견하면서부터 시작되었다. 그때까지 도기가 주류였던 우리나라의 도자기 생산에 큰 변혁이 일어나고 아리타 주변에는 많은 자기 가마가 만들어졌다. 이즈미 산 자석장은 1980년에 국가 사적으로 지정되었다.'

도자기 기술의 가치를 안 일본은 끌고 온 조선인 도공들을 통하여 도자기 기술을 꽃 피운다. 도공들의 손에서 탄생한 아리타 도자기나 가라쓰 도자기는 일본인들의 생활에 일대 혁신을 가져온다. 이후 유럽으로

수출되고 유럽은 일본 도자기에 열광한다. 조선인 도공의 손끝이 일본 도자기 산업의 역사를 바꾼 것이다. 우리가 가지고 있던 고도의 기술이었다. 못내 아쉽고 안타깝다.

자석장을 나왔다. 역 쪽으로 걷다 보니 당시에 자석장을 관리하던 관리소 격인 반쇼 터가 나온다. 지금은 그 자리에 벤치를 놓아 쉴 수 있게 만들어 놓았다. 예전에는 수많은 관리들이 분주하게 이곳을 오가며 자석장을 관리했을 것이다.

분홍색 꽃이 소복하게 떨어져 있다. 색이 고와서 사진을 찍는데 지나가던 할머니 한 분이 "왜 떨어진 꽃을 찍누?" 하시며 내가 찍던 꽃을 들여다보신다. 사람 좋아 보이는 인상이다. "색이 예뻐서요."

할머니 등 뒤로 커다란 나뭇가지가 보인다. 가지 끝을 올려다보았다. 내 눈길을 따라간 할머니가 나무에 대해 말해주신다. 설명이 어찌나 실감 나는지 한 편의 옛날이야기 같다.

"저건 은행나무라우. 예전에 이 마을에 큰 불이 났는데 저기 산 하나를 다 태우고 폭풍같이 불덩이들이 날아왔다고 해요. 아랫마을을 차례차례 삼키며 여기까지 왔는데 은행나무가 불덩이를 막아줘서 나무 뒤쪽에 있던 집들은 참화를 피할 수 있었다고 하지. 그 공을 높이 사서 기념물이 됐어요. 원래 은행나무가 수분을 많이 품고 있거든"

인간을 도왔다는 은행나무는 반쇼 바로 뒤에 있다. 가까이 가서 보니 "다이쇼 15년(1926년)에 국가 천연기념물로 지정되었다"는 푯말이 붙어 있다.

　돈바이 담장이 늘어선 골목길로 들어선다. 돈바이는 가마를 만들 때 쓰던 내화벽돌을 말한다. 가마는 40년 정도마다 새로 교체해야 하는데 그때 버려지는 돈바이를 적토로 발라 쌓은 것이 돈바이 담장이다. 내화벽돌이라는 점을 빼면 돌멩이가 박힌 우리나라의 시골 담장과 다르지 않다. 차이라면 담이 다소 높다는 정도이다. 도자기 비법을 엿보려는 사람이 들여다보지 못하도록 아리타는 다른 지역보다 담장이 높다.

　조선의 도공들은 누가 가르쳐 주지 않아도 버려진 벽돌을 깨고 적토를 이겨서 습관처럼 담장을 만들었을 것이다. 담장 위에 가만히 손을 얹는다. 흙이 주는 온기가 느껴진다. 나는 지금 무엇이 그리운 걸까? 마음 밑바닥까지 묵직하다.

　담장 아래 놓인 의자에 앉았다. 좁은 도랑이 맑은 소리를 낸다. 바닥에는 하얀 돌 다섯 개로 만든 꽃이 피어 있다. 골목은 시간이 멈춘 것 같다. 잊은 듯 천천히 흐른다. 손을 내밀면 시간의 끝자락에 닿을 듯하다.

　세월을 견딘 집이며 높이 솟은 굴뚝도 옛 모습을 지녔다. 연기를 내보낸 지 한참은 된 듯한 굴뚝 위로 잡초가 무성하다. 사람의 온기가 끊긴 오래된 건물도 온전히 보존되어 있다. 이곳은 에도 시대 후기에서 쇼와 초기에 걸쳐 다양한 건축물이 혼재된 전통 건물군 보존지구이기도

하다. 한 건물을 들여다보았다. '전통적 건조물, 보존계획번호 17, 건축
연대 쇼와 9년(1934년)'이라 적힌 작은 스티커가 붙어 있다. 아무도 살
지 않는 집도 이렇게 보존을 게을리하지 않는다.

긴 시간을 뛰어넘어 그리운 그분들이 근처 어딘가에 계실 것 같다.
나는 느리게 과거 어디쯤을 걷는다.

"당연하지, 신이시지"

돈바이 골목을 벗어나 큰길로 나왔다. 어쩌다 자동차가 오갈 뿐 지
나다니는 사람도 거의 보이지 않는다. 아리타관 근처에서 왼쪽 골목으
로 들어가면 도잔신사와 이삼평의 비가 서 있는 '도조(陶祖)의 언덕'
으로 이어진다. 골목으로 들어와서 걷다가 왼쪽에 있는 가파른 계단을
올라가면 기찻길 건널목과 마주한다. 건널목 맞은편에 도잔신사가 있
고 왼쪽에 있는 길은 도조의 언덕으로 이어진다.

이삼평의 비까지 가는 길은 완만한 언덕이다. 주위는 고요하다. 언
덕을 오르는 사람도 없다. 혼자 여행은 이럴 때 주저하게 된다. 아무도
없는 길에서 얼마를 가야 목적지가 나올지 모를 때는 바짝 긴장한다.
언덕 아래에서 비의 끝부분이 보이긴 했지만 얼마나 더 가야 하는지,
깊은 산길로 이어지는 건 아닌지 조금 겁이 날 무렵 긴 계단이 눈에
들어온다. 계단 끝에 높이 솟아 있는 비도 보인다. 안도한다. 운동복

차림의 할아버지 한 분이 계단 아래에 앉아 있다. 안도감은 배가 된다.

내려와서 생각하니 도조의 언덕은 그리 먼 거리는 아니었다. 끝을 모르기 때문에 아득히 멀게 느낀 것이다. 언덕길을 올라오느라 숨을 몰아쉬고 있는데,

"어디서 오셨나?"

할아버지가 물으신다.

"한국이요."

"멀리서 여기까지 뭐 하러?"

"저길 가려고요." 비를 가리켰다.

"젊은 사람이 뭐 그리 헉헉대나? 아무것도 아닌 거리를."

"너무 높은 데 있잖아요. 힘들어서요……."

"높은 데 계신 게 당연하지. 아리타의 신이시니까. 제일 높은 데서 아리타를 내려다보시는 게 당연한 거요."

진지한 얼굴로 말씀하신다.

"정말이요? 이삼평은 조선 사람이잖아요. 남의 나라 사람을 신으로 모실 수 있나요?"

"당연하지. 신이시지. 이 분이 아니면 아리타는 없어. 여기 사람들은 모두 그렇게 생각해요. 도자기의 역사를 바꾼 분이지."

"역사를요?"

"그럼. 이 분 없이는 아리타를 말할 수 없지. 우리의 자랑이요. 아리타

사람들은 조선 사람들에게 은혜를 입은 셈이지. 한국에서 왔다니 반갑구먼."

할아버지는 이삼평과 조선 도공들을 진심으로 자랑스럽게 생각하고 있다. 말투나 표정에 확신이 엿보인다.

내가 여기에 오고 싶었던 이유를 알 것 같다. 전쟁 당시 수많은 조선인을 끌고 온 일본, 이삼평 같은 조선인 도공들을 통해 뛰어난 도자기 문화를 꽃피운 이 나라, 그리고 이삼평을 신으로 추앙하는 이곳 사람들, 그를 찾아 여기까지 온 나, 신이 된 이삼평을 섬기며 그와 같은 곳에서 왔다는 이유로 나를 반기는 할아버지, 모든 것이 그분들에게서 시작된 '끈'이다. 비요의 마을에서, 이 언덕에서 그 '끈'을 보았다.

심장이 빠르게 뛴다. 어서 뵙고 와야겠다. 계단을 오르기 전 오른쪽에 이삼평 비에 대한 안내문이 있다.

'이삼평 공(公)은 1616년경 이즈미 산에서 최상급 원료가 되는 백자광을 발견하였고 일본에서 처음으로 백자를 만들어 냈다. 그 후 그의 기술은 수많은 도공에 의해 면면히 계승되어 오늘날의 아리타 도자기 번영으로 이어지고 있으며 이삼평 공은 아리타 도자기의 시조일 뿐만 아니라 일본 요업계의 대은인이다.'

비가 있는 곳으로 올라간다. 지금 신을 만나러 간다. 가슴이 뜨겁다. 긴 계단을 올라가면 가운데에 석등이 있고 올라가는 계단이 두 갈래로 갈라지는데 어느 쪽으로 가도 비 앞에 설 수 있다. '도조 이삼평 비'라고 새겨진 거대한 비 앞에 선다. 비는 비교적 깨끗해 보이지만 아래에 있는 돌계단이나 기둥은 군데군데 색이 검게 변하기도 하여 세월의 흔적을 보여준다. 비에서는 아리타 시가지가 훤히 내려다보인다. 비는 1917년에 세워졌다고 하는데 당시가 일제강점기였음을 생각하면 아리타 사람들에게 이삼평이 어떤 존재인지 짐작할 수 있다. 지금도 매년 5월 4일이면 도조제를 지내서 이삼평을 기리고 그 시기를 전후해서 도자기축제가 성대하게 열린다. 마음을 담아 참배한다.

계단을 내려왔다. 할아버지는 여전히 그 자리에 계신다. 아리타 시가지를 내려다보며 이야기를 나누었다. 아리타는 분지여서 여름에는 덥고 겨울에는 몹시 춥다고 한다. 어릴 때 이 언덕에 올라와 아리타를 내려다보면 사방이 산이라 벗어나고 싶다는 생각만 했는데 벌써 일흔이 넘었다며 껄껄 웃으신다. 멀리 산 아래 하얀 건물을 가리키며 자신이 나온 아리타 초등학교라고 가르쳐 주신다. "예전엔 저렇게 좋지 않았지만 말이야." 하시며 다시 껄껄 웃으신다.

할아버지는 참배와 운동을 겸해 매일 이곳에 오르는데 한국인은 많이 보지 못했다고 했다. 교사처럼 보이는 남성과 학생 같은 젊은이들이 언덕을 오르는 모습을 본 적이 있는데 말을 걸고 싶었지만 아는 한국어가 몇 마디뿐이어서 아쉬웠다고 한다. 오래전부터 한국어 단어를 몇 개씩 외우고 있다며 한국 사람이 많이 오면 좋겠다는 바람을 비친다.

나이가 드니 어느 나라 사람, 어느 지역 사람으로 보이지 않고 그냥 '사람'으로 보인다고 했다. 새로운 사람을 만나고 인연을 쌓아가는 게 즐거움이라는 말도 덧붙인다. 같이 언덕을 내려와 도잔신사 앞에서 헤어졌다.

도잔신사로 향한다. 계단 양쪽에 도자기 석등이 서 있는 계단을 오른다. 도잔신사는 이삼평과 이곳의 번주 나베시마 나오시게를 신으로 모시고 있는 신사이다. 도자기의 신을 모신 신사답게 도리이(鳥居, 신사 입구에 세운 기둥문)를 비롯해서 본전의 기둥, 신사를 지키는 고마이누까지 모두 자기로 만들어졌다. 신사 내부에도 다양한 도자기 조형물이 있다. 다른 신사와는 달리 바닥에도 하얀 돌이 깔려 있어서 돌멩이 하나까지 도자기를 떠오르게 한다.

신사를 내려와서 큰길로 나왔다. 맞은편 골목으로 들어가서 덴구다니 가마 유적으로 향한다. 얼마 가지 않아 넓은 계단 모양의 덴구다니 가마터가 보인다. 규모가 상당하다. 가마터에 안내문이 서 있다.

'아리타 도자기의 창업기를 대표하는 에도 시대 전기의 가마이며 아리타 도자기의 도조라고 불리는 이삼평 등 아리타 도자기의 창업기에 활약한 도공과 관련된 가마로 전해진다.'

또 덴구다니에서 생산된 도자기를 사진과 함께 시기별로 설명해 두었다. 이삼평은 자신이 발견한 자석장에서 나는 질 좋은 원료로 이곳에서 수많은 백자를 만들어 냈을 것이다. 그와 도공들은 고향과 조선 사람에 대한 그리움을 쉼 없이 도자기에 담아냈을 것이다. 고통을 딛고 예술로 승화시킨 분들이다.

이삼평의 묘소로 간다. 묘소는 덴구다니에서 30미터 정도 떨어진 마을 공동묘지 안에 있다. 오랜 세월 잊힌 채 있다가 1959년에 묘비 윗부분이 떨어져 나간 채 발견되었다고 한다. 묘소는 공동묘지 안쪽 깊숙이 자리하고 있다. 묘지 입구에서 가운데 난 길로 가다 보면 왼쪽에 안내문이 세워져 있어서 찾기에 어렵지 않다. 신의 묘소치고는 아주 소박하다. 묘소에 참배하고 큰길로 나왔다.

시간이 되면 규슈도자문화관에 들르고 싶었는데 아쉽게도 폐관시간이 지났다. 아리타 역에서 천천히 걸어서 20분 정도면 도자문화관에 도착한다. 아리타 역을 나와 직진해서 계속 걷다 보면 육교가 나오는데 육교 뒤에 있는 언덕에 규슈도자문화관이라는 커다란 표지판이 보인다. 그 육교를 건너 언덕길을 따라 올라가면 된다.

몇 해 전 여름, 수국이 필 즈음 그곳에 갔다. 언덕길로 들어서니 좁은 길 여기저기에 수국이 활짝 피어 있었다. 육교를 건너고 언덕길을 오르느라 힘들었지만 보라색 꽃길은 충분한 보상이 되고도 남았다.

아리타 자기 탄생 350주년을 기념해서 만들어진 규슈도자문화관은 아리타 자기뿐만 아니라 규슈의 도자기 전체를 한눈에 살펴보기에 좋은 곳이다. 자기의 역사는 물론이고 다양한 전시나 기획전이 있어서 들러볼 만하다.

자기로 꾸며진 화장실도 기억에 남는다. 도자문화관에 다녀와서 화장실이 기억에 남는 것도 우습지만 여자는 의외로 작은 데서 감동을 받는다고 해 두자. 화장실에 갔다가 세면대, 휴지통, 콘센트까지 우아하게 자기로 꾸며진 것을 보고 탄성을 질렀는데 옆 칸에서 나와 똑같이 탄성을 지르는 일본인 아주머니가 있었다. 그 아주머니와 둘이서 각각 다른 자기로 꾸며진 화장실 세 곳을 들여다보며 즐거워한 기억이 난다. 어쩌면 아주머니도 규슈도자박물관 하면 화장실을 제일 먼저 떠올릴지도 모르겠다.

역으로 가는 길에 있는 보은사(報恩寺, 호온지)로 향한다. 보은사에는 여성 도공 백파선(百婆仙, 1560~1656)의 후손이 세운 법탑이 있다. 백파선은 임진왜란 때 도공이던 남편 김태도과 함께 일본으로 끌려온다. 처음에는 다케오 시에서 자기를 굽다가 남편이 사망한 후 도공들을 이끌고 아리타로 건너온다. 이후 아리타에서 자기 생산을 하면서 많은 도공의 존경을 받았으며 96세로 타계한다.

보은사에 도착했다. 절 앞에 빨간 천을 두른 여섯 개의 지장 상이

서 있다. 절로 들어서면 정면에 본당이 있고 백파선의 법탑은 오른쪽에 다른 묘지들 사이에 있다.

법탑 옆에 한글 안내문이 있다. 일본인이 쓴 문장인지 조금 어색한 부분이 있지만 그대로 옮긴다.

'도요토미 히데요시가 일으킨 임진왜란, 정유재란 때 일본군은 많은 유물을 약탈했을 뿐 아니라 많은 조선인을 일본으로 연행했습니다. 그중에 경상도 김해 출신 김태도(일본명 후카우미 쇼덴, 深海宗伝)도 있었고 연행된 후 다케오시 우치타 마을에서 도기 제작에 종사했으며 1618년에 타계했습니다. 그의 처 백파선은 1630년 일족을 이끌고 일본에서 처음으로 백자 원료가 발견되어 도자기 생산이 시작된 아리타의 히에코바마을로 이주했고 자기 생산에 종사하다가 1656년에 서거합니다. 추모비는 서거 50주기에 해당하는 1705년에 증손자가 세웠고 후카우미 가문의 역사가 새겨져 있습니다. 백파선의 본명은 미상이며 증조할머니를 기리는 호칭이라 여겨졌습니다. 후카우미는 깊이(深) 고향 김해(金海)를 그린다는 의미입니다.'

남성도 힘든 일을 여성의 손으로 개척하고 일족을 이끌어 온 여성 사기장에게 참배하고 보은사를 나온다. 지금도 후손들은 '깊이 고향 김해를 그린다' 는 의미인 '심해(深海, 후카우미)' 를 성으로 사용하고 있다. 아리타의 도조 이삼평과 여성 사기장 백파선. 그리고 수많은 조선의 도공들. 그들이 터를 닦고 꽃을 피운 도자기 마을을 느리게 걷는다.

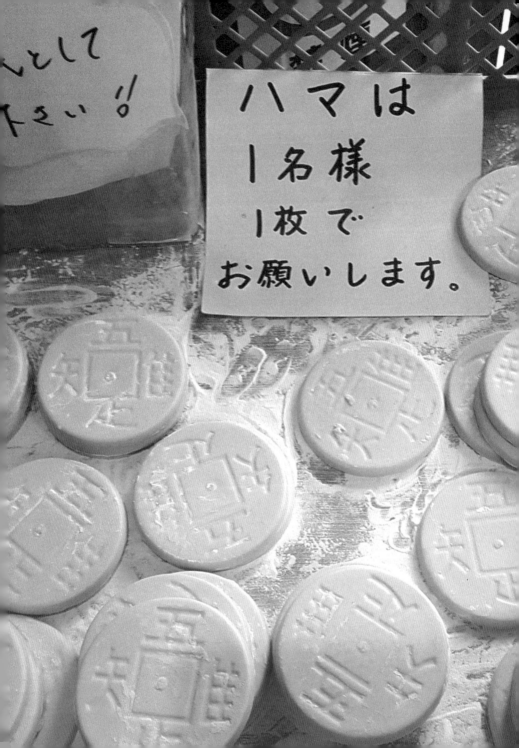

끝없이 이어져 언젠가는

역에 도착했다. 녹차 음료를 마시며 역을 둘러본다. 한쪽에는 도자기로 만든 대형 접시가 놓여 있고 게시판에는 도자기 전시회 일정, 기획전 안내 팸플릿이 정갈하게 붙어 있다. 구석엔 작은 매점이 있고 맞은편엔 관광안내소 부스가 있다. 그 옆에 '기념품'이라는 종이가 붙어 있다.

가까이 가 보니 '하마'가 쌓여 있다. 옆에는 하마를 싸는 데 쓸 종이까지 가지런히 준비해 놓았다. 하마는 가마에서 자기를 구울 때 자기가 상하지 않도록 밑에 까는 받침을 말한다. 아리타 방문 기념품으로 놓아둔 하마는 교토의 료안지에 있는 쓰쿠바이(蹲踞, 뜰이나 다실 입구에 설치한 손 씻는 물그릇)를 본떠 만들었다. 아리타다운 기념품이다.

료안지의 쓰구바이는 '오유지족(吾唯知足)'이라는 말을 엽전 모양으로 형상화한 것으로 유명하다. 엽전 가운데 네모난 모양을 한자 '입구(口)'자로 보고 사방의 네 글자와 결합시켜서 읽으면 오유지족이 된다. '나는 오직 족함을 알 뿐이다'라는 의미로 불교의 선종에서 말하는 반물질주의적 가르침이다. 오유지족을 새겨 넣은 아이 손바닥만 한 하마를 들여다본다. 매미 소리가 쩌렁쩌렁 울리던 여름, 료안지에서 본 쓰구바이가 조용히 그 위로 겹쳐진다. 오유지족이라, 두고두고 기념하기에 충분하다. 종이에 싸서 조심스럽게 가방에 넣었다.

개찰구를 지나 플랫폼으로 나왔다. 맞은편에는 올해가 아리타 도자기 창업 400주년이라는 현수막이 펄럭인다. 아리타 도자기는 조선인 도공들에게서 비롯되었다. 그들이 고향을 향한 절절한 마음을 안고 혼을 담아 빚어낸 도자기이다. 이삼평 도자기는 한동안 맥이 끊어졌었지만 현재는 14대째 후손이 가업을 이어가고 있다.

조선인 도공들의 혼과 기술은 일본 땅에서 끊어지지 않는 견고한 '끈'이 되어 면면히 이어질 것이다. 혼을 담은 열정이 일본인들을 감동시키고 그들이 받은 감동과 감사는 다시 사람들에게 전해진다. 이런 많은 '끈'이 끝없이 이어져 언젠가 우호의 꽃으로 피어나길 기대한다.

바람이 얼굴을 스친다. 도조의 언덕에서 만난 할아버지 말씀을 떠올린다. 가만히 그 말을 되새긴다. 나도 언젠가 한국인이든 일본인이든, 미운 사람이든 고운 사람이든 그저 '사람'으로 보는 나이가 될 것이다. 사람을 만나고 소소하게 쌓는 인연에 만족하고 감사하는 날도 올 것이다. 오늘 만난 이 '끈'을 잊지 않고 마음에 담는다.

기차에 오른다. 남은 내 여행이 규슈 땅에 남겨진 또 다른 '끈'을 새롭게 만나는 여행이 되기를 빈다.

셋째 날- 슬픔을 삼키다
(군함도- 나가사키 현)

군함도 콩세르주

햇살이 눈부시다. 하늘은 푸르고 구름은 현실감이 없을 정도로 하얗다. 현기증이 날 만큼 맑은 날씨다.

노면전차를 타기 위해 나가사키 역을 나왔다. 오늘 전차를 탈 횟수를 생각하고 일일승차권을 구입한다. 한 번 타는 데 120엔이고 일일승차권은 횟수와 관계없이 500엔이니 5번 이상 탄다면 일일승차권이 이익이다.

역 앞에 있는 육교를 건너면 노면전차 정류장이 있다. 나가사키에는

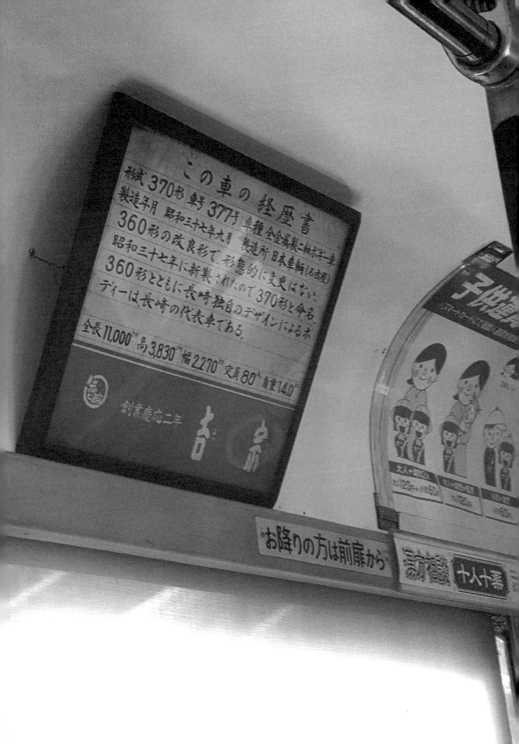

この 車 の 経歴書

形式 370形 車号 377号 車種 全金属製二軸ボギー車

製造年月 昭和三十七年九月　製造所 日本車輌(名古屋)

360形の改良形で、形態的に変更はない

昭和三十七年に新製されたので 370形と命名

360形とともに長崎独自のデザインによる赤

ティーは長崎の代表車である。

全長11,000 高3,830 幅2,270 定員80 自重14.0

創業慶応二年

전차박물관이라 해도 될 정도로 다양한 종류의 노면전차가 달리고 있다. 전차 안에는 그 전차의 이력이 담긴 작은 액자가 붙어 있다. 내가 탄 전차는 1962년에 나고야에서 제작된 전차라고 쓰여 있다. 54년째 현역 전차이다.

군함도에 가는 길이다. 군함도는 나가사키 항에서 남서쪽으로 약 19킬로미터 정도 떨어진 섬으로 원래 이름은 '하시마'이다. 군함도는 남북으로 약 480미터, 동서로 약 160미터, 둘레 1,200미터 정도, 면적 약 63,000제곱미터의 작은 해저탄광 섬으로 일본의 군함 '도사'와 비슷해서 군함도라고 불리게 되었다. 19세기 후반부터 채탄을 시작하였으며 그 후 에너지 수요가 석탄에서 석유로 바뀌고 일본 석탄업이 침체됨에 따라 1974년 1월에 폐광되고 4월에는 무인도가 되었다.

군함도는 일본이 근대화에 공헌한 메이지 산업혁명유산으로 유네스코 세계문화유산 등재를 신청하고 2015년 7월에 세계유산으로 등재됨에 따라 한국 내에서 크게 논란이 된 곳이다. 태평양 전쟁 당시 많은 조선인이 강제 징용으로 끌려가 고통을 겪고 희생된 곳이기 때문이다.

군함도에 가려면 나가사키 역에서 1호선 노면전차를 타고 쓰키마치(築町) 역에서 5호선으로 갈아탄 후 오우라카이간도리(大浦海岸通り) 역에서 내리면 된다. 역에 내려 건너편에 있는 조반터미널 항구에서 군함도 콩셰르주라는 배를 탄다. 사전 예약이 필요하므로 한국에서 인터넷으로

예약해 두었다. 오우라카이간도리 역에 내렸다. 노면에서 내려 횡단보도를 건너면 패밀리레스토랑이 있고 그 뒤편이 조반터미널이다.

조반터미널로 들어섰다. 규모는 작지만 항구치고는 깔끔하다. 군함도로 가는 유람선 콩셰르주는 오전 10시 30분~1시, 1시 30분~3시까지 하루 두 차례 운항한다. 나는 오전 10시 30분으로 예약해 두었다.

사무실에 들어가니 한쪽에서는 티셔츠, 부채, 군함도 책자 같은 기념품을 판매하고 한쪽은 사무실로 쓰고 있다. 예약 번호를 보여주니 승선자용 목걸이를 내준다. 개인 예약인지 단체 예약인지에 따라 분홍색과 보라색으로 목걸이 색깔이 나누어져 있다. 나는 개인으로 예약했기 때문에 분홍색이다. 밖으로 나오니 직원들이 줄을 서도록 안내하고 있다. 줄을 서서 기다리는 동안 승선 주의 사항이 적힌 코팅한 종이를 나눠준다.

'군함도는 바람이 강하고 견학로가 좁기 때문에 우산이나 양산 사용을 금하며 필요하면 우비 등을 사용한다, 뱃멀미가 걱정되는 경우는 매점에서 뱃멀미 밴드를 구입한다, 군함도에는 화장실이 없으니 터미널이나 배 안에서 미리 다녀온다, 가이드의 설명은 저작권에 포함되므로 음성이나 동영상 촬영은 금하며 배 안의 텔레비전 화면도 촬영해서는 안 된다' 는 규정이 적힌 종이이다. 다 읽고 나면 직원이 행렬을 오가면서 다시 거두어간다.

줄을 서 있는 사람들을 둘러본다. 십 대부터 어르신까지 여러 세대가

섞여 있다. 서양 사람도 서너 명 보이고 남녀 커플도 많다. 데이트나 소
풍을 가듯 가벼운 옷차림에 즐거운 표정이다.

군함도 가는 길

10시가 조금 지나 승선하기 시작했다. 배는 1, 2층으로 나누어진 140
인승 배로 그다지 큰 규모는 아니다. 3석짜리 좌석이 두 줄로 놓인 선
내는 깔끔했다. 앞쪽에 있는 대형 텔레비전 화면으로 군함도의 다양한
모습이 흘러나온다. 군함도 마크가 찍힌 붉은 색 티셔츠를 입은 승무
원들이 승객들을 안내한다. 좌석은 자유석이다. 나는 앞쪽의 창가 자
리에 앉았다. 세계유산으로 등재된 유명세 덕분인지 평일인데도 배는
만석이다. 승객들 사이에서 기대에 찬 대화들이 오간다. 일행 없이 혼
자 온 사람은 나뿐인 것 같다.

10시 30분에 배가 출항했다. 그때 텔레비전 영상을 보고 해설사의
설명을 듣는다. 해설사는 전직 은행원 출신인 72세의 남성으로 유머도
있고 활기에 넘친다.

군함도 콩세르주는 이번이 두 번째이다. 지난번 해설사는 젊은 시절,
근처의 이케시마 섬에 있는 광산에 근무한 적이 있고 그때 지하 갱도
에 내려가 본 경험이 있어서 군함도 광부들의 생활이 생생하게 눈에
그려진다는 50대 여성이었다. 폐광된 군함도에 특별한 향수를 가지고

있다는 해설사는 군함도를 오가는 배에서 7년째 일하고 있다는데 세계유산 군함도에 대한 자부심으로 넘치고 있었다. 해설사가 그날 정도의 날씨라면 섬에 올라갈 수 있을 것 같다고 해서 기대했는데 군함도 부근까지는 갔지만 파도 때문에 결국 섬에 오르지는 못하고 돌아왔다. 아쉬움이 컸다. 오늘도 날씨는 맑다. 섬에 올라갈 수 있으면 좋겠다.

군함도는 전성기에 인구가 5,300명이 넘어서 당시 도쿄 인구 밀도의 9배였고 세계에서 인구 밀도가 제일 높았다고 한다. 해설사가 텔레비전 보급률이 육지가 10퍼센트일 때 군함도는 100퍼센트에 가까웠다고 하니 승객들 사이에서 "우와!" 하는 탄성이 나온다. 꽃이나 나무를 심을 공간이 없어서 옥상에 식물을 심어 정원을 가꾸었던 일화며 좁은 섬이기 때문에 주민들끼리 모두 사이좋게 지내면서 교류했다는 등 군함도 주민들이 누린 문화생활에 대한 설명만 이어진다.

출항하고 20분 정도 지나면 이오지마 항에 들러 승객을 태운다. 이오지마는 건물 대부분이 붉은 지붕이어서 리조트 느낌이 나는 작은 섬이다. 이오지마를 지나면 외해이기 때문에 파도가 거칠어진다. 정해진 일정은 11시 40분쯤에 섬에 올라서 12시 20분에 섬을 나와 이오지마를 거쳐 1시에 조반터미널에 도착하는 일정이다. 해설사는 쉬지 않고 주변에 보이는 섬이나 근대 유산에 관해 설명하고 보충 설명을 위해 영상을 보여준다.

2006년에 완공했다는 여신대교 밑을 지나면 다카시마 섬이 보이기

시작한다. 다카시마 섬도 한국인과 중국인이 강제 징용된 탄광섬이다. 저 섬에 군함도에서 노역 중에 희생된 사망자들의 유해가 묻힌 공양탑이 있다고 한다. 공양탑을 세운 회사는 군함도에서 탄광을 운영하던 미쓰비시인데 사망한 한국인들은 기록이 불태워져서 신원조차 알 수 없다고 한다. 언제고 저 섬에 가 뵙고 싶다. 다카시마 섬을 지난다.

아! 군함도

물결이 거칠게 일렁인다. 드디어 군함도가 모습을 나타낸다. 사람들이 탄성을 지른다. 여기저기서 셔터 누르는 소리가 요란하다. 이 사람들은 저곳이 이웃 나라의 새파랗게 어린 청년들을 데려다 강제 노역을 시키고 캄캄한 지하 갱도에서 죽게 한 섬이라는 사실은 알지 못한다. 근대화에 공헌한 자랑스러운 세계문화유산으로만 알고 있을 뿐이다.

멀리 떨어져서 보는 섬은 거대한 요새 같다. 시퍼런 물결을 보고 있으니 강제 징용으로 끌려온 그들이 섬에서 느꼈을 암담함에 목이 멘다. 섬에 가까워질수록 마음이 복잡해진다. 한번 들어가면 다시는 못나올 것 같은 회색 섬을 보니 숨이 막히는 듯 아득하다. 섬을 둘러싼 높은 제방 때문에 탈출은 불가능하다고 해서 감옥섬이나 지옥섬으로 불린 섬이다. 사가 현의 비요의 마을에서도 그런 아득함을 느꼈다. 산으로 막히고 바다로 막혀서 고립무원에 놓였던 그들이 떠오른다.

해설사의 설명에 강제 징용 이야기는 전혀 없다. 해설사들은 정해진 매뉴얼을 따르고 있을 테니 한국인 징용자들에 대한 언급이 없는 것은 결국 정부나 나가사키 현에서 내린 방침일 것이다. 오로지 일본 산업 발전의 초석이 된 나가사키의 역사와 그 분기점에서 활약한 군함도의 탄광을 미화할 뿐이다. 한국어 자료뿐만 아니라 일본어로 된 팸플릿 어디에도 강제 징용에 대한 언급은 없었다. 일본 근대화의 역군, 근대화를 추진하는 강력한 밑거름 같은 미사여구와 군함도 주민이 육지 국민과 비교해서 얼마나 풍족하게 문화생활을 누리고 있었는지에 대한 화려한 칭송뿐이다. 듣고 있던 승객들도 수긍하는 눈치이다. 이런 작은 섬이어도 그 정도로 문화생활을 누렸다면 괜찮았던 것 아닌가 하는 표정도 얼굴에 스친다. 배 안에는 징용 노동자의 슬픔을 기억하는 사람은 아무도 없다. 저 섬이 근대화를 이룬 초석이라는 뿌듯함이 많은 사람의 표정에 어려 있다.

군함도가 손에 닿을 듯 가깝다. 바로 섬에 오르지 않고 지난번처럼 군함도 주변을 10여 분 돌면서 각 건물의 용도와 모습, 당시 상황에 대한 설명을 듣는다. 특히 그들이 자랑하는 고층 아파트는 상륙 지점의 반대쪽에 있기 때문에 배를 타고 섬을 돌아야만 볼 수 있다. 곧 무너질 듯 음산한 모습이지만 일본 최초의 철근 고층 아파트라고 여러 번 강조한다.

군함도는 외해에 있는데다 방파제가 없기 때문에 파도가 심하면 상륙하기가 어렵다. 그래서 배가 출항한다고 해도 섬에 오르지 못하고 지난번처럼 섬 주변을 돌다가 돌아오는 경우도 많다. 다행히 오늘은 섬에 오를 수 있다고 한다. 해설사가 주의 사항을 전달하고 상륙할 준비를 한다. 어서 땅에 발을 딛고 서고 싶은 마음뿐이다.

  군함도에 올라선다. 승무원이 앞뒤로 서서 승객들이 섬에 오르는 것을 도와준다. 행렬의 제일 마지막에도 승무원이 따라 걸으며 견학로 이탈을 막는다. 폐허가 된 회색 건물들과 견학로가 극명하게 대비를 이룬다. 초목이 없는 섬이었다고 하지만 40년 넘게 무인도로 있는 동안 건물들은 조금씩 붕괴되고 나무와 풀이 많아졌다. 너무나 작은 섬이라 육지라는 느낌도 별로 없다. 땅을 디디고 있다는 감각보다 거대한 배를 타고 있는 듯하다. 사방으로 휘감고 있는 바다를 보니 막막하다. 그들은 매일 이렇게 멀미하듯 땅에 단단히 발을 붙이지 못한 기분으로 가마득한 하루하루를 보냈을 것이다.
  방송에서 강제 징용으로 군함도에 끌려왔다가 살아남은 생존자 두 분의 인터뷰를 본 적이 있다. 당시 끌려온 조선인들은 대부분 어린 소년이나 청년들이었다고 한다. 해저탄광의 좁은 갱도에서 작업할 수 있도록 몸집이 작은 소년들을 강제로 끌고 온 것이다. 쌀알, 보리알이 한 톨도 섞이지 않은, 음식이라 할 수도 없는 배급으로 버티며 고향에 돌아갈 소망을 품고 지옥에서 살아남은 두 분의 인터뷰는 충격이었다. 무슨 일을 하는지도 모른 채 끌려왔고 약속한 임금은커녕 굶주림에 시달리며

40도가 넘는 뜨거운 지하 갱도에서 속옷 한 장만 걸친 채 극한의 조건에서 노동을 강요당했다고 한다.

갈비뼈가 모두 드러난 깡마른 한국인 징용자의 사진을 보고 분노하지 않은 한국인은 없을 것이다. 바다 한가운데 군함 같은 섬에 갇혀 매일매일 어떤 희망을 안고 버티어 나갔을지, 끝내 희망의 끈을 놓아버리지는 않았을지 가슴 위에 바윗덩어리를 올려놓은 듯 무겁게 아프다.

이 순간 여행의 목적을 잊을 정도로 일본이 가증스럽다. 지일이고 극일이고 필요 없다는 분노가 끓어오른다. 이전에 군함도 사진이나 영상도 본 적이 있고 지난번에는 섬 바로 앞까지 왔다가 돌아갔는데 막상 섬에서 바다를 바라보니 전혀 다른 기분이다. 부르르 몸이 떨린다.

슬픔을 삼키다

군함도는 처음에는 지금 크기의 3분의 1 정도인 작은 바위섬이었다. 1890년에 미쓰비시가 광산을 경영하게 되면서 본격적인 해저탄광 조업이 시작되고 1931년까지 여섯 번에 걸쳐 주변을 매립하는 호안제방 공사를 거듭하여 현재의 모습이 되었다.

섬에 올라와도 극히 일부에 견학 동선을 만들어 놓고 그 이상은 안전을 이유로 들어갈 수 없게 되어 있다. 해설사는 건물 붕괴의 위험때문에 일부 코스만 개방하고 있다고 했다. 하지만 자신들이 보여주고 싶은 곳만 보여주고 하고 싶은 이야기만 한다는 의심이 생긴다. 공개된 견학로 반대편에 한국인 징용 노동자들의 숙소로 추정되는 건물이 있다고 하는데 들어갈 수 없는 지역이니 안타깝다. 반대쪽을 향해 고개를 숙였다. '죄송합니다' 라는 말만 입에 맴돈다.

섬에는 탄광의 흔적이 많이 남아 있다. 컨베이어벨트의 흔적도 보인다. 석탄을 운반하여 저장하거나 석탄 운반선에 싣던 장치인데 지금은 기둥만 남아 있다. 또 갱도로 가기 위해 설치된 잔교 계단의 흔적도 남아 있다. 파도를 막기 위해 섬 주위에 쌓아놓은 제방도 세월의 풍상을 겪었다. 부서진 시멘트 조각과 돌덩이가 바닥에 어지럽게 흩어져 있다.

한껏 고조된 해설사는 1916년에 지은 일본 최초의 7층짜리 철근 콘크리트 아파트 안에 있었다는 우체국과 이발소 이야기에 바쁘다. 건물이 있는 쪽을 가리키며 설명한 후 사진을 찍으라고 권하고 그때마다 관광객들은 해설사가 말한 장면을 배경으로 사진 찍기에 바쁘다.

안전모와 안전등을 갖추고 작업복도 갖춰 입은 일본인 광부들의 사진을 보여준다. 사진 속의 광부들은 환한 얼굴로 웃고 있다. 나는 속옷 한 장만 입고 안전 장비도 갖추지 못한 채 바닷속 수백 미터 아래에서 굴을 뚫고 석탄을 캐던 왜소한 조선의 청년을 생각한다.

호화로운 레스토랑 사진도 보여준다. 나는 화려한 그림자 뒤에서 고구마나 콩기름 찌꺼기를 배급으로 받으며 굶주림의 지옥을 견디던 징용 노동자들을 생각한다.

　탄광 직원의 높은 급료를 자랑한다. 나는 임금 한 푼도 못 받고 "어머니 보고 싶어" "배가 고파요" "고향에 가고 싶어"라고 벽에다 쓴 어린 소년들을 생각한다.

　30여 분의 짧은 상륙을 마치고 다시 배에 올랐다. 배는 이오지마에 들러 서너 명의 승객을 내려주고 조반 터미널로 향한다. 승무원들이 승객들과 가위바위보 게임을 시작한다. 게임에서 이긴 사람들에게는 파일, 펜 같은 선물을 주며 승객들의 참여를 유도한다. 지난번에도 돌아올 때 가위바위보 게임을 했다. 그땐 섬에 올라가지 못했기 때문에 미안한 마음에 게임을 하는 거라고 생각했는데 오늘도 같은 진행으로 하는 걸 보니 이것도 정해진 매뉴얼인가 보다.

　먹먹한 마음에 멀미까지 더하여 몹시 힘들다. 배에서 내려 터미널을 나왔다. 어디든 잠시 앉고 싶다. 걷다 보니 편의점이 보인다. 생수를 샀다. 차가운 물을 마시고 심호흡을 한다. 근처에 있는 군함도 뮤지엄으로 가야겠다.

군함도 뮤지엄

　군함도 뮤지엄에 도착했다. 뮤지엄은 영상과 모형으로 군함도를 체험하는 시설로 조반터미널에서 걸어서 5분 거리에 있다. 오우라 천주당으로

가는 언덕 아래에 있어서 찾기도 어렵지 않다. 현재는 군함도 콩세르주 승선권을 보여주면 입장료를 50퍼센트 할인해 주는 이벤트로 관광객을 모으고 있다. 군함도는 정해진 일부 동선 이외에는 들어갈 수 없기 때문에 시야에 들어오는 것만 보는 제약이 있는 데 비해 뮤지엄은 풍부한 사진 자료를 갖추고 있다. 무인 항공기로 공중 촬영을 해서 섬 견학으로는 볼 수 없는 군함도 곳곳을 보여준다.

1층에는 매표소와 기념품점이 있다. 2층으로 올라가니 군함도 심포니라는 대형 화면이 긴 벽면 전체를 채우고 있다. 3,000장 이상의 사진과 동영상 자료를 콜라주 기법으로 만들어 당시 생활상을 보여준다. 해설사는 빠르게 바뀌는 화면을 설명하느라 여념이 없다. 그는 군함도에서 태어나 중학교 1학년 때까지 섬에서 살았다고 한다. 화면을 가리키며 "저기에서 저기까지 친구들과 뛰어다니곤 했어요, 저기에도 올라가 봤어요." 하며 자신의 경험을 담아서 설명한다.

벽면을 가득 채운 화려하고 역동감 넘치는 화면은 군함도가 일본의 근대화에 얼마나 큰 공헌을 했는지, 비록 고생은 했지만 대신 얼마나 풍족한 문화생활을 누렸는지에만 초점이 맞추어져 있다. 과연 어린 그들이 누려본 생활일까? 묵직한 분노가 올라온다. 군함도 콩세르주와 마찬가지로 이곳 뮤지엄에서도 건물 옥상을 이용한 채소와 식물 심기, 나가사키에서 사 온 과자의 인기 등 '지배자'들이 누렸던 이야기가 대부분이다.

한쪽에는 317세대가 살던 65호동 아파트에 있던 집을 '군함도의 아파트 생활'이라는 이름으로 재현해 놓았다. 텔레비전과 벽시계, 재봉틀, 다리미가 모두 갖추어진 집은 당시로는 최고 수준의 생활이었음을 자랑한다. 한쪽 벽면에는 대형 아파트 사진을 걸어놓고 배경 삼아 사진을 찍을 수 있게 꾸며 놓았다. 또 채탄 현장으로 가는 과정을 영상으로 보여주는 코너도 마련해 놓았다.

3층으로 올라간다. 버튼을 누르면 점멸하면서 건물의 용도를 설명해주는 군함도 모형과 섬 주민들의 생활을 담은 사진이 전시되어 있다. 4층에는 군함도에 있던 하시마신사를 재현해 놓았다.

섬 위에 있는 사람들이 최고의 문화생활을 누릴 때 지하 탄광에서는 조선의 어린 청년들이 위험한 노동과 굶주림으로 허덕이고 있었다. 군함도로 가는 배 안에서도, 군함도 뮤지엄에서도, 조선인 징용 노동자에 대한 어떤 이야기도 들을 수 없었다. 저들은 떠올리고 싶지 않은 것이다. 결코 끄집어내고 싶지도 않은 것이다. 영원히 바다 밑에 묻어버리고 싶은 것이다. 뮤지엄이라고 일말의 양심을 기대한 것이 잘못이다.

일본은 2015년에 메이지산업혁명시설로 세계유산 등재 신청을 하기 전에 많은 조선인이 징용 생활을 했던 군함도를 비롯한 다수의 시설에서 이루어진 강제 노역을 인정하고 희생자를 기리는 조치를 취하겠다고 약속했다. "본인의 의사와 관계없이 동원되어 가혹한 조건 아래에서

강제 노역을 했다"며 강제 징용을 인정하는 제스처를 보이며 세계유산 등재를 신청하더니 등재된 후에는 이를 부정하고 있어서 우리 국민의 공분을 사고 있다.

세계문화유산은 인류에게 보편적 가치를 지닌 유산을 말한다. 군함 도가 과연 인류에게 보편적인 가치를 가진 유산인가? 자국의 근대화와 산업화를 미화하고 그 과정에서 희생된 수많은 생명에 대해서는 아무 런 언급도 없는 현재의 일본. 그들이 보편적 가치에 대해 진지하게 생 각하기를 바란다.

우리가 할 일도 있다. 무관심 속에 잊힌 비극의 섬 군함도를 기억해 야 한다. 어린 청년들이 군함도에서 흘린 피 같은 눈물을 잊지 말아야 한다. 역사를 잊는 민족과 기억하는 민족은 미래가 다르다. 역사를 바 르게 인식하고 기억하는 데서 참다운 미래를 꿈꿀 수 있다.

아침부터 속을 끓인 탓인지 두통이 심해졌다. 무거운 마음으로 뮤지 엄을 나왔다.

할머니가 꽃피운 장미

앉을 곳을 찾아야겠다. 점심때도 한참은 지났다. 그러고 보니 여긴 사 해루(四海楼, 시카이루) 근처이다. 나가사키는 여러 차례 왔던 곳이라

비교적 지리를 아는 편이다. 여기라면 사해루까지 걸어 3분 안에 도착한다. 두통이 잦아들도록 심호흡을 하며 천천히 사해루를 향한다.

사해루는 1899년에 창업한 중국 음식점인데 '짬뽕'을 처음 만들어 낸 곳으로 국내 방송에도 여러 번 소개된 식당이다. 중국에서 건너온 노동자들에게 줄 값싸고 영양 많은 음식을 생각하다 만들어낸 것이 그 시초라고 한다. 해산물이 풍부하고 무엇보다 바다가 보이는 넓은 창이 있어서 입보다 눈이 호사를 누리는 곳이다. 밤에는 야경도 썩 좋다.

나는 나가사키의 야경과는 크게 인연이 없는지 야경을 보러 가면 비가 오거나 안개가 끼어서 제대로 된 야경을 볼 수가 없었다. 글로버가든도 그랬고 이나사 산의 전망대도 그랬다. 야경이 아름답다는 호텔 홈페이지의 광고를 믿고 일부러 찾아간 Y 호텔에서도 마찬가지였다. 언젠가 사해루에서 본 야경이 그나마 제일 나은 정도이다.

사해루를 목적지로 삼아 온다면 5호선 전차를 타고 오우라텐슈도시타 정류장에 내리면 바로 보인다. 규모로는 식당이 아니라 여느 회사처럼 크기 때문에 처음 오는 사람은 그 규모에 놀란다. 2층에는 무료로 개방하는 '짬뽕 박물관'이 있어서 소소한 재미가 있다. 주로 짬뽕과 사라우동의 역사, 옛날 식기, 방문한 유명인에 대한 전시물이 많고 1층에는 식기나 소품을 파는 판매점이 있다.

사해루 4층으로 올라간다. 세 시가 가까운 시간이라 중간중간 빈자리가 보인다. 직원이 바다가 훤히 보이는 창가 자리로 안내한다. 사라

우동과 콜라를 주문했다. 사라우동은 나가사키에서는 짬뽕처럼 흔한 메뉴이다. 각종 채소와 고기를 볶은 후 전분 소스에 버무려서 면 위에 얹은 것으로 국물이 적어서 접시(접시는 일본어로 '사라'라고 함)에 담는 우동이다.

창 너머 바다를 바라본다. 오전에 배를 탔던 조반터미널도 내려다보인다.

점심을 먹으며 쉬었으니 이제 다시 여행을 이어갈 차례다. 사해루를 나오다가 할머니를 발견했다. 사해루 앞에서 아이스크림을 팔고 계신 할머니이다. 분명 아까도 계셨을 텐데 내 생각에 빠져 못 본 걸까? 아니면 늦은 점심이라도 드시러 가셨던 걸까?

그때도 여름, 8년도 더 전에 사해루에서 점심을 먹고 나오는데 하얀 머릿수건을 쓰고 아이스크림을 팔고 계신 할머니가 있었다. 더운 날씨라 별생각 없이 아이스크림 수레 앞에 섰다. 몸집이 작은 할머니가 허리를 구부리고 아이스크림을 푸는데 찰캉찰캉 칼 부딪치는 소리가 났다. 그리고 30초도 안 걸려 뚝딱, 장미꽃을 피워 냈다. 연한 베이지색 장미 아이스크림이다. 곧 녹아내렸지만 손에 든 순간은 꽃잎까지 또렷했다.

이후로 나가사키에 오면 할머니의 장미 아이스크림을 먹으러 오곤 했다. 할머니의 아이스크림은 달콤하기는 해도 부드럽지는 않다. 대신

약간 불량식품 맛이 나는 시원함이 있다. 단돈 100엔짜리 장미 아이스크림, 8년 동안 네 번 온 나를 기억하실 리가 없다. 수레 앞에 서서 아이스크림을 청했다. 귀에 익은 찰캉거리는 소리가 난다. 주름이 자글자글한 손으로 베이지색 장미꽃을 건네시며 활짝 웃으신다. 다음번에 올 때도 이 자리에서 장미꽃을 피우고 계실까?

"할머니네 아이스크림 네 번째 먹는 건데요, 정말 맛있어요. 다음에 올 때까지 건강하세요."

할머니는 온 얼굴에 주름이 잡힐 정도로 다시 환히 웃으신다.

"4년 안에 꼭 한 번 더 와요, 4년 후에는 아들 따라가. 장사 안 해요. 그때 내 나이가 팔십이거든." 하신다.

건강을 비는 인사를 하고 헤어졌다.

점심도 먹었고 장미 아이스크림까지 먹었고 다시 기운을 차렸다. 여기에서 언덕길을 올라가면 글로버가든으로 이어진다. 글로버가든은 1863년에 완성된 스코틀랜드 출신의 무역상 토머스 글로버의 저택이다. 일본에서 가장 오래된 목조 건물로 오페라 '나비부인'의 무대가 된 곳으로도 유명하다. 글로버는 일본에 신식 무기나 화포를 갖춘 배를 판매하여 부를 축적했고 일본의 중공업에 큰 영향을 미쳤으며 우익을 지원하는 미쓰비시와도 깊은 관련이 있는 인물이다.

할머니네 아이스크림 수레와 멀지 않은 곳에 볼링의 발상지라는 표석이 보인다. 언젠가 오란다자카 언덕에서 자원봉사하는 할머니네 정원에서 커피를 마실 때 커피가 처음 들어온 곳도 이곳 나가사키라고 들었다. 짬뽕이 생긴 곳도 나가사키, 카스텔라가 처음 들어온 곳도 나가사키이다. 개항지이다 보니 '처음'이 많은 것도 당연하다.

나가사키 원폭 조선인 희생자 추도비

노면전차를 타고 마쓰야마마치에서 내렸다. '나가사키 원폭 조선인 희생자 추도비'에 갔다가 원폭자료관에 들른 후 건너편에 있는 평화공원으로 간다. 역 오른쪽에 있는 '원폭낙하중심지공원'으로 들어간다. 원자폭탄 낙하 중심지가 표시되어 있고 오른쪽에 검은 비석이 서 있다. '원폭순난자명봉안(原爆殉難者名奉安)'이라 쓰여 있다. '원폭 희생자들의 이름을 받들어 모신다'는 의미이다. 비석 옆에서 둥글게 손을 잡고 기도하는 한 무리의 사람들이 보일 뿐 공원은 고요하다.

팔을 늘어뜨린 아이를 안고 있는 모자상 아래에는 나가사키에 원자폭탄이 떨어진 날짜와 시간인 '1945. 8. 9. 11:02'라는 이름이 붙어 있다. 반대편 개울 옆에 있는 계단을 내려가면 피폭 당시의 지층도 볼 수 있다. 유리 속에 보존된 지층을 보면 깨진 그릇, 찻잔, 가위 등의 생활용품이 묻혀 있는 것이 보인다.

공원을 나와 다리를 건너면 원폭자료관으로 가는 계단이 있다. 계단 옆에 '평화를 기원하는 아이'라는 이름이 붙은 소녀상이 서 있다.

그 소녀상 뒤편에 '나가사키 원폭 조선인 희생자 추도비'가 있다. 길에서는 보이지 않는 외진 곳이다. 추도비에는 '추도. 나가사키 원폭 조선인 희생자 1945. 8. 9'라고 새겨져 있다. 1945년 8월 9일 오전 11시 2분. B29 폭격기에 의해 투하된 원자폭탄으로 나가사키는 폐허가 되었다. 당시 나가사키 인구 24만 명 중에 약 15만 명의 사상자가 발생하였고 한국인 피해자 2만여 명 중 희생자가 1만여 명이었다. 대부분이 징용으로 끌려왔다가 희생된 노동자들이다. 1만여 명, 정신이 아득해지는 숫자이다. 그분들의 추도비가 이곳에 쓸쓸하게 자리하고 있다.

가혹한 노동 속에서도 고향에 돌아갈 꿈을 꾸고 있었을 그들은 목이 타들어 가는 고통 속에서 죽어갔다. 비석 위에 뿌린 생수는 그들이 흘린 눈물 같다. 우리가 잊고 있는 기억처럼 흐릿하게 말라간다. 이 구석진 곳에서 1만여 명의 서러운 넋이 어떤 위로를 받을 수 있을까? 카스텔라와 야경, 강제 노역과 1만여 명의 희생자, 나가사키의 두 얼굴이다. 나가사키의 조선인, 우리가 잊지 말아야 할 이름이다.

원폭자료관

무거운 마음으로 '평화의 모자상' '그 여름날' 등 여러 개의 조각과 비를 지나 원폭자료관에 도착했다. 천 마리 종이학 묶음, 피폭 당시를 묘사한 그림이 빼곡하게 걸린 입구를 지나 매표소에 있는 입장권 발매기에

200엔을 넣고 입장권을 구입한다. 전시관으로 들어간다. 나선형 통로의 흰 벽에 하얀색 종이학을 길게 이어서 붙여 놓았다. 벽 위에는 숫자가 있는데 아래로 내려갈수록 1985, 1980, 1975…… 과거를 향해 가다가 1945년 그날로 돌아간다.

전시관 입구에 서면 제일 먼저 원폭 투하 시점인 11시 2분에 멈춘 깨진 벽시계가 눈에 들어온다. 11년 만에 다시 왔기 때문에 별로 기억이 안 날 것 같았는데 다시 보니 예전 기억이 되살아난다.

전시관으로 들어서면 폭격으로 무너진 오우라 천주당의 잔해, 열선에 의해 검게 타버린 희생자들, 녹아내린 시민들의 소지품, 원폭 전후의 거리나 건물 사진, 피해자들의 증언 등 세세한 자료가 전시되어 있다. 특히 피해자들의 참상이 담긴 사진은 원자폭탄의 무서움을 적나라하게 보여준다.

한 장의 사진에서 눈을 뗄 수 없다. 숨이 끊어져 축 늘어진 아이를 업은 남자아이 사진이다. 까만 눈망울에 전쟁의 모든 슬픔이 담겨 있다. 이어서 원폭 제조와 투하까지의 과정, 핵무기 개발 실험의 피해자들, 현대의 핵무기에 대해 전시한 공간으로 이어진다.

원폭자료관에서도 일본의 반성은 느껴지지 않는다. 피폭된 민간인의 모습, 녹아내린 여학생의 도시락, 머리뼈가 붙어 있는 철모, 폭발 후의 참상이 담긴 그림 등 일본이 입은 피해만이 크게 부각되어 있다. 여기에 가해자 일본은 없다. 철저히 파괴 당하고 상처 입은 피해자 일본이 있을 뿐이다. 가해자라는 양심은 피폭으로 인해 피해자라는 입장으로 바뀌어 희석된 듯하다. 민간인이 입은 피해는 말할 수 없이 슬픈 일이다. 하지만 전범 국가로서 철저한 반성이 우선되어야 한다.

원폭자료관을 나왔다. 출구에 '나가사키 원폭자료관 학습 핸드북'이라는 일본어판 소책자가 놓여 있다. 벤치에 앉아 전부 읽어보았다. 원자폭탄에 대한 설명, 나가사키와 히로시마에 떨어진 원자폭탄의 차이점, 희생자 수, 피해 상황, 인체에 미치는 영향, 구조나 구원 활동, 세계의 핵무기 분포 등을 실은 소책자이다. 자신들의 행위나 책임에 대해서는 어떤 언급도 없이 남 얘기하듯 시침을 뚝 떼고 있는 인상을 받았다.

6시가 다 되어간다.

평화공원, 누가 평화를 말하는가

평화공원으로 향한다. 원폭이 투하된 이 일대는 평화를 기원하는 평화공원으로 조성되었다. 원폭기념관에서 강을 따라 걷다 보면 평화공원이라고 쓴 커다란 표지석이 보이고 그 옆으로 긴 계단과 에스컬레이터가 눈에 들어온다.

공원으로 들어서면 정면에 평화의 샘이 있다. 원폭 투하 당시 목이 말라 괴로워하며 숨을 거둔 사람들을 추모하기 위해 만든 것이다. 분수

1945
8.9 11:02'

너머 저편에 오른팔을 높이 든 평화기념상이 보인다. 분수대 앞에는 한 소녀의 이야기가 적힌 비가 서 있다.

"목이 말라서 견딜 수 없었습니다. 물에는 기름 같은 것이 가득 떠 있었습니다. 너무나 목이 말라서 결국 기름이 떠 있는 채로 마셨습니다."

예전에 왔을 때는 8월 초였기 때문에 원폭이 투하된 8월 9일을 맞아 다양한 조형물로 광장이 채워지고 위령제 준비로 오가는 사람들도 많았는데 지금은 두세 명이 보일 뿐 넓은 공원은 고양이가 차지했다.

최소 열세 명의 조선인을 포함한 재소자와 교도관 등 134명 전원이 사망한 우라카미 형무소 터도 남아 있다. 우라카미 형무소는 폭심지에서 가장 가까운 공공시설이었다고 한다. 형무소 시멘트 벽의 일부가 지금도 남아 있다. 한쪽에는 원폭순난자의 비가 서 있다. 비 앞에는 물을 찾으며 죽어간 희생자들을 위해서 시민들이 가져다 놓은 생수병이 빼곡하다.

공원을 가로질러 평화기념상 앞에 섰다. 전체 길이가 10미터 정도 되는 청동으로 만든 남신(男神)상이다. 평화기념상 오른쪽에 안내문이 있다. 하늘을 가리키는 오른손은 원폭의 무서움을 나타내고 수평으로 뻗은 왼손은 평화를, 감은 두 눈은 희생자들의 명복을 비는 것이라고 한다. 안내문에는 기념상을 만든 작가의 말이 한국어, 영어, 중국어로 쓰여 있다.

"저 악몽 같은 전쟁

소름 끼치는 처절함과 비참함

......

어느 누가 세계 평화를 바라지 않을 수가 있을까

이곳에 전 세계 평화 운동의 선구로서 이 평화기념상이 탄생했다."

이렇게 공공연히 밝혔듯 일본이 전 세계 평화 운동의 선구가 되길 나 역시 바란다. 역사를 바로 보려는 움직임이 이 나라에서 활발히 일어나기를 이웃으로서 간절히 바란다.

평화기념상을 뒤로하고 공원을 나온다. 공원 양옆에는 세계 각국이 보낸 평화를 상징하는 조각 작품이 전시되어 있다. 작품 사이를 걸어서 평화공원을 나오며 구석에 초라하게 서 있던 원폭 조선인 희생자 추도비를 서럽게 다시 떠올린다.

위로의 등불이 되기를

전차를 타고 다카라마치 역에서 내려 버스를 기다린다.

이나사 산 전망대에 가려고 한다. 이나사 산 전망대는 도쿄타워와

같은 높이인 해발 333미터의 산 정상에 있는데 전망대에서는 멀리 운젠, 아마쿠사 지역까지 보이고 밤에는 나가사키의 야경을 볼 수 있다. 퇴근길, 붐비는 버스를 타고 '로프웨이 앞' 정류장에서 내렸다. 오르막길을 올라 로프웨이 타는 곳으로 간다. 앞에서 한 무리의 중국인 관광객들이 큰 소리로 떠들며 걷고 있다. 나가사키는 원래 하코다테, 고베와 함께 일본 3대 야경의 하나인데 몇 년 전에 모나코, 홍콩과 더불어 '세계 신3대 야경'에 선정되었다 한다. 그런 건 도대체 누가 정하는지 모르겠다. 언덕을 오르는 길옆에는 '신3대 야경 나가사키'라는 대형 광고판이 걸려 있다.

후치신사를 지나 로프웨이 매표소로 간다. 네 방향 모두 유리로 된 로프웨이를 탄다. 발아래 나가사키를 내려다보며 정상을 향한다. 5분 정도 지나면 도착이다. 로프웨이에서 내려 전망대를 향해 걷는다. 선선해지면 걸어 올라와도 좋을 것 같다.

전망대에 도착했다. 전망대 건물 안에서는 '세계 신3대 야경' 사진전이 열리고 있다. 엘리베이터로 바로 전망대에 갈 수도 있지만 층계참에 전시된 모나코와 홍콩의 야경 사진을 보면서 천천히 걸어서 올라간다. 전망대에는 이미 사람들이 많다. 해가 완전히 저물기를 기다리며 일행과 이야기를 하거나 쉬고 있다. 나도 그들 틈에 앉아 바쁘게 움직인 오늘 하루를 떠올린다.

어두워지는 산 아래를 굽어본다. 하나둘씩 불이 들어와 도시는 반짝이는 꽃불을 품었다. 이들이 자랑하는 '천만 달러짜리 야경'이라는 감동은 없지만 불빛은 아름다웠다.

한순간 고요하다. 사람들 대화도 찰나적으로 끊겼다. 바람이 뺨을 스치며 뭔가 말을 건 듯하다.

군함도를 거쳐 원폭 조선인 희생자 추도비에 참배하고 원폭자료관의 기록을 보고 평화공원을 걸었다. 곳곳에 힘없는 나라의 국민이 겪은 처절한 아픔이 있었다. 아직도 엉킨 실타래를 풀지 못한 슬픈 '끈'을 보았다. 내 걸음걸음이 그분들의 아픔을 기억하고 앞으로 나가는 걸음이 되었으면 좋겠다. 저기 아래 보이는 불빛 하나하나가 외롭게 스러져 간 넋들을 위로하는 등불이었으면 좋겠다.

넷째 날- 난공불락의 꿈을 꾸다

(구마모토 성- 구마모토 현)

구마모토 성으로

뜨거운 아소산을 품은 곳, 불의 나라 구마모토에 도착했다. 지진 이후 두 번째이다. 지난 8월에 왔다가 한 달 만에 다시 왔다. 구마모토에 가까워지자 지붕이 내려앉은 집, 기와가 흘러내린 집, 외벽을 공사 중인 건물이 보였다. 공사용 파란 비닐로 지붕을 덮어 놓은 집들도 여전하다. 여러 달이 지났지만 아직도 곳곳에 지진의 상처가 남아 있다.

규슈는 많은 지역이 한국과 역사적으로 얽혀 있다. 이곳 구마모토도 마찬가지이다. 오늘은 구마모토 성에 들렀다가 혼묘지에 가려고 한다.

구마모토 시 전철(시전) 일일승차권을 사서 역 맞은편에서 시전을 탔다. 두 량짜리 시전이다. 아담한 체구의 여승무원이 카랑카랑한 목소리로 정류장을 안내하면서 승객들이 내리고 탈 때마다 인사를 한다. 표정이 어쩌면 저렇게 밝을 수가 있는지 최근에 구마모토에서 본 가장 환한 웃음이다. 직업 정신에서 나오는 태도이겠지만 기력을 잃은 구마모토 시민에게 필요한 웃음인지도 모른다.

구마모토 성·시청 정류장에서 내려 구마모토 성으로 향한다. 골목에 들어서니 무너져 내린 성벽이 눈에 들어온다. 성을 복원하는 데는 대략 20년 정도를 예상한다고 한다. 구마모토 시민들에게는 가슴 아픈 일이지만 복원에 20년을 투자하는 철저함은 부럽다.

성으로 가는 길은 막혀 있다. 출입금지를 알리는 안내문 앞에 남성 두 명이 서서 방문객들에게 돌아가는 길을 설명한다. 지금은 사쿠라노바바 죠사이엔(桜の馬場 城彩苑)에서 보행로를 따라 걸어가거나 무료 순환버스를 타고 니노마루 주차장까지 갈 수 있다고 한다. 가토신사를 거쳐 민예관을 지나 시전 정류장으로 갈 생각이기 때문에 체력을 아낄 겸 순환버스를 타기로 한다.

따뜻한 기억

구마모토는 추억이 많은 곳이다. 여행 중에 발병이 나서 사흘을 눌러 앉았던 적도 있고 아소산의 활화산 나카다케를 보겠다고 서너 차례 오기도 했다.

지난 3월 말에 왔을 때에는 때마침 벚꽃 축제를 하고 있을 때라 구마모토 성에 왔다. 시전에서 내려 골목으로 들어서자마자 축제 분위기였다. 강을 따라 이키나리 단고, 꼬치, 야키소바, 갖가지 음료, 과일 사탕 등 노점도 많이 나와 있어서 구경만으로 즐거웠다. 가게를 기웃거리는 아이들, 손을 꼭 잡은 연인들, 모두 행복한 표정이었다.

어디를 둘러보아도 벚꽃 천지였다. 나무 아래 파란색 돗자리를 깔고 적게는 두 명부터 많게는 스무 명은 되어 보이는 사람들이 꽃을 즐기느라 즐거워 보였다. 맥주를 마시며 떠들썩하게 즐기는 사람들, 음식을 앞에 두고 이야기꽃을 피우는 사람들, 오늘만큼은 잔치라는 느낌이었다.

오랜만에 천수각에 들어갔다가 나왔다. 성을 나와 강가 벤치에 앉아 과일 사탕을 먹고 역으로 돌아왔다. 기차를 기다리며 커피를 마시는데 기분이 이상했다. 뭐지? 이 이상한 기분은? 가방을 열어본다. 휴대폰이 없다. 산 지 두 달밖에 안 된 내 휴대폰. 도대체 어디다 빠뜨렸을까? 시전 안일까? 아니, 휴대폰을 만진 기억이 전혀 없다. 공연 볼 때인가? 아니, 아니, 서서 봤으니까 휴대폰을 만질 여유가 없었다. 어디일까? 할 수 없다. 시전에서 내려서부터 차근차근 내 동선을 훑어보자. 하지만 시간이 많이 지나서 찾을 기대를 하기는 어렵다.

급한 마음에 택시를 탔다. 여행 중에 택시는 거의 타지 않지만 지금은 어쩔 수 없다.

"구마모토 성이요."

축제 기간이라 그런지 길도 막혔다. 막막하다. 여행 중에 찍은 사진이 다 들어 있고, 전화번호며 갖가지 메모며 일정이 모두 그 안에 있다.

"기사님, 구마모토 성에서 휴대폰을 잃어버렸는데요, 어디에 두고 왔는지 모르겠어요. 어떻게 해야 할까요?"

답답한 마음에 그렇게 물었더니 젊은 기사가 걱정스러운 얼굴로 돌아본다. 나보다 한참은 어려 보인다.

"손님 폰으로 전화해 보셨어요?" 묻는다.

"아니요. 생각도 못했네요."

"그럼 저기 내려드릴 테니 우선 손님 폰으로 전화를 해 보세요."

길은 막혀 있고 내릴 데도 여의치 않다.

"그럼 제 폰 쓰실래요?"

미안해서 주저하는데 "급하니까 얼른 해 보세요." 하며 폰을 내민다.

전화를 걸었다. 신호가 가다가 툭 하고 끊긴다. 다시 걸었다. 어떤 남성이 받는다. 어디냐고 물으니 데토리 파출소라고 한다.

구마모토 성이 아니라 데토리 혼초(手取本町) 파출소로 직행이다. 기사 아저씨에게 감사 인사를 하고 택시에서 내렸다. 당황해서 내 휴대폰으로 전화를 걸어 본다는 생각을 못했다. 폰을 잃고 나니 머릿속이

하얘졌다. 전화번호가 하나도 기억나지 않았다. 휴대폰만 너무 믿은 탓이다. 기사 아저씨가 아니었으면 기진맥진할 때까지 내가 돌아다닌 곳을 훑어보다가 밤에 호텔에 왔을 때쯤 전화 걸 생각을 해냈을까? 결국 그 생각을 못하고 휴대폰을 포기했을까? 약정 기간 동안 계속 자책했을지도 모른다.

파출소로 들어섰다. 남자 경관 두 명과 여자 경관 한 명이 있는 작은 파출소이다. 잃어버린 장소를 묻는다. 모르겠다. 구마모토 성 어딘가라고 대답했다. 휴대폰은 보여주지 않은 채로 먼저 휴대폰 색상과 크기, 특징 등을 묻는다. 대답하니 여자 경관이 서랍에서 휴대폰을 꺼낸다. 휴…… 반갑다.

주소, 전화번호, 이름 등 간단한 인적 사항을 적고 돌려받았다. 휴대폰을 주운 장소는 골목 벤치라 한다. 딸기가 세 개 들어 있는 과일사탕을 먹으며 쉬던 벤치이다. 누가 가져다주었는지 물어보았다. 어떤 청년이라고 한다. 그 청년이 한 말도 전해 주었다. 파출소에 들어오더니 이러더란다.

"기요마사 상 동상 옆 골목 세 번째 벤치 위에 놓여 있었는데요, 제겐 필요 없는 거예요."

언제부터 구마모토가 이렇게 유쾌하고 쿨한 도시가 됐지?

이 파출소는 내가 휴대폰을 두고 온 지점에서 정확히 600미터 떨어진 곳이라 한다. 나라면 축제를 즐기러 나왔다가 벤치 위에 있던 휴대폰을 주워 600미터나 걸어서 파출소에 갖다 줬을까? 자신 없다. 번거로우니까 못 본 척 지나왔을지도 모른다.

파출소를 나왔다. 고마움에 가슴이 따뜻해졌다. 기꺼이 휴대전화를 내준 기사 아저씨부터 그 청년까지 구마모토 남성들에게 큰 신세를 졌다.

구마모토에서 먹은 음식보다, 아름다운 벚꽃보다 따뜻한 사람들에 대한 고마움을 안고 돌아왔다. 그로부터 이 주일 뒤 지진이 났다. 지진 소식을 듣고 이름 모를 청년과 기사 아저씨, 파출소 경관들을 생각했다. 아무 일 없기를.

좋은 기억을 담아

죠사이엔에서 순환버스를 타고 니노마루 주차장에서 내렸다. 드문드문 나무가 서 있는 넓은 잔디밭에 서서 건너편에 있는 구마모토 성을 바라본다. 성벽은 곳곳이 허물어져 있고 멀리 보이는 천수각도 훼손이 심해 보인다.

구마모토 성은 나고야 성, 오사카 성과 함께 일본의 3대 명성으로 손꼽힌다. 도요토미 히데요시의 신임을 받던 가토 기요마사(加藤淸正, 1562~1611)가 조선에서 돌아와서 1601년에 축성을 시작하여 1607년에

완성한 성이다. 기요마사는 조선 침략 당시 울산성에서 조·명연합군에 포위되어 식수와 군량미가 떨어진 상황에서 힘겹게 목숨을 부지하다 살아남은 뼈아픈 기억이 있었다. 가라쓰에 있는 나고야성박물관에서 본 울산성 전투도가 떠오른다. 어찌나 자세히 그려 놓았는지 굶주림에 내몰린 병사들이 말을 잡아먹는 장면까지 그려져 있었다. 기요마사는 그 경험을 교훈 삼아 성 안에 백 개가 넘는 우물을 파고 다다미 속에 고구마 줄기를 넣어 두었으며 수백 그루의 은행나무를 심었다. 그래서 구마모토 성을 은행나무 성이라고도 부른다.

또 성을 짓는 데 조선에서 끌고 간 울산 지역의 백성들을 동원하고 조선식 축성 기술을 활용하였다. 성벽 일부를 돌출시켜 성벽에 달라붙는 적을 양쪽에서 협공하여 성의 방어력을 높이는 '치(雉)' 같은 구조물을 설치하고 성벽을 견고하게 축조했다. 각 출입구를 미로 식으로 만들고 해자도 넓게 파서 적이 쉽게 진입하지 못하도록 만들었기 때문에 철벽같은 요새, 난공불락의 성이라 불리었다. 또 성벽은 무샤가에시(武者返し)라 하여 아래쪽은 완만하지만 위쪽으로 올라갈수록 경사가 급해져서 도저히 오를 수 없게 만들었다. 축성 이후 400년이 넘는 세월 동안 다양한 역사의 무대가 되어 왔으며 특히 세이난전쟁(西南戰争) 때는 사쓰마군과 구마모토 성 안에 있던 정부군이 격렬한 전투를 벌였으나 정부군의 수적인 열세에도 성이 함락되지 않은 것은 유명한 이야기이다.

가토신사 쪽으로 걷고 있는데 할아버지 한 분이 바닥에 비닐을 깔고 허리를 구부리고 앉아 성을 그리고 있다. 수건이며 물감이 담겨 있는 커다란 바구니를 옆에 놓고 파스텔과 크레파스, 색연필을 꺼내 놓고 쌍안경을 목에 건 채 그리고 있다.

"힘들지 않으세요?"

"죽기 전에 다시 못 볼지도 몰라서 그리면서 머리에 담으려고."

할아버지에게 구마모토 성은 어떤 의미일까? 태어나서 지금까지 매일 그 얼굴을 보며 살아왔을지 모른다. 좋은 일, 슬픈 일 모두 이 성에다 몰래 털어놓으며 자랐을지도 모른다.

국보 1호 남대문이 형체도 없이 내려앉을 때, 양양의 낙산사가 화마에 무너져 내릴 때 그 모습을 보고 가슴이 철렁 내려앉지 않은 국민은 없었을 것이다. 안타까움. 뉴스 화면을 보며 모두 같은 마음이었을 것이다. 할아버지도 비슷한 마음일 것이다. 할아버지 마음속에 있는 좋은 기억이 부디 그림 속에 담기기를 기원하며 지나왔다.

위용이 사라진 거인을 보며

가토신사로 향한다. 가토신사는 가토 기요마사를 모신 신사로 천수각이 가장 가까이 보이는 위치이기도 하다. 길옆에는 성벽이 도로로

쏟아져 내리지 않도록 가마니만 한 흙주머니를 수십 개 쌓아놓았다. 이 주변이 피해가 컸던 모양이다. 백 년은 지났을 법한 아름드리나무들이 뿌리째 뽑혀 아무렇게나 쓰러져 있다.

가토신사로 들어섰다. 사람들이 분주히 움직인다. 천수각을 배경으로 TBS방송국에서 생방송 준비를 하고 있다. 구마모토 성에 관심을 끌려는 시도일 것이다. "구마모토 성의 복원이 끝나지 않는 한 구마모토 지진 복구는 끝나지 않은 것이다"라고 할 만큼 이들에게 성은 특별한 존재이다.

천수각이 눈앞에 서 있다. 지진의 상처는 천수각에도 고스란히 남아 있다. 지붕의 기와는 거의 흘러내렸다. 하얀 외벽은 군데군데 뜯어져 안에 있는 흙벽이 드러났다. 하지만 한편으로 진도 7.3이라는 강진에도 저렇게 버티고 서 있는 걸 보면 얼마나 견고하게 쌓은 성인지를 역설적으로 말해주기도 한다.

천수각 내부는 구마모토성박물관 분관으로 역사 자료를 전시하고 있었다. 최상층에서는 구마모토 시내와 멀리 아소산 줄기를 바라볼 수 있었다. 천수각의 모습이 떠오른다. 그 안에서 웃던 친구와 가족의 얼굴도 겹친다. 작년 겨울과 올 3월, 최근에 들어간 건 이 정도이다. 언제쯤 저 안에 들어갈 수 있을지 모른다. 400년 된 노장의 건투를 빈다.

가토가 꿈꾼 난공불락의 성은 400년 넘게 그 위용을 지키다가 자연의 힘 아래 맥없이 흔들렸다. 자연 앞에서는 저렇듯 속절없다. 위용이 사라진 거인의 모습이다. 속이 시원해야 하는데 간단히 흑백논리로 규정할 수 있는 마음은 아니다.

복구에 걸리는 시간은 정확히 예상할 수도 없는 상황에서 구마모토현은 창조적인 복구를 지향한다는 원칙을 내걸고 복구를 시작했고 시민들도 기금을 모금 중이다. 어쩔 수 없는 자연재해를 운명처럼 품고 살아가야 하는 사람들. 무너진 터에 다시 집을 짓고 가족과 마주 보며 웃는 날이 어서 오기를 기원한다. 지진의 잔해를 딛고 일어서 그 위에 더 나은 삶의 터전을 만들기를 바란다.

조선인의 눈물이 스민 성

구마모토는 400여 년 전 도요토미 히데요시의 조선 침략 때 선봉에 섰던 가토 기요마사의 영지이며 그의 혼이 서린 도시이다. 조선에서 돌아온 기요마사는 오랜 전란으로 황폐해진 구마모토를 재건하기 위하여 치산치수(治山治水) 공사와 농지 개발에 총력을 기울였다. 또 남만무역을 통해 영지를 적극적으로 경영함으로 구마모토의 발전 기반을 닦았다. 기요마사는 지금까지도 구마모토의 영웅이며 신과 같은 존재이다. 그러나 조선에서는 잔인하게 사람들을 죽이고 약탈해서 악명이 높으며 크나큰 상처를 남긴 악인이다.

구마모토 성 홈페이지에 조선의 축성 기술이 사용되었음을 볼 수 있는 대목이 있다.

'구마모토 성은 목수와 석공을 비롯한 수많은 장인들과 학자들이 견해를 한데 모아서 만들어졌다. 석재 가공에 있어서는 일본 기술뿐만 아니라 당시 일본에 살고 있었던 한국 사람들의 훌륭한 기술이 이용되었다고 전해진다. 구마모토 성의 성벽은 한국의 진주성 성곽을 모델로 만들어졌다는 설도 있다.'

기요마사가 머릿속에 조선 땅에서 있었던 전투를 떠올리며 하나하나 구상하고 고쳐가며 이 성을 축조했을 것이라 생각하면 소름이 끼친다. 구마모토 성은 끌려간 조선 백성들의 한이 서려 있는 성이다. 이국 땅에 끌려온 조선인이 흘린 피눈물이 이 성 어딘가에 스며들어 있다고 생각하니 돌멩이 하나도 허투루 보이지 않는다.

가토신사에 흘낏 눈길을 준다. 본전 안에는 여러 명이 앉을 수 있도록 대나무로 만든 간이의자가 길게 세 줄로 늘어서 있고 벽에는 구마모토 성을 찍은 오래된 대형 흑백 사진이 걸려 있다.

경내가 점점 소란스러워진다. 곧 생방송이 시작되려나 보다. 신사를 나와 흙주머니가 쌓인 길을 지나 주차장과 반대 방향으로 걸었다.

잠시 가다 보면 KKR 호텔이 나온다. 이 호텔에서는 구마모토 성이 바로 보인다. 벚꽃이 필 때 한 번 묵었던 적이 있다. 외국인인 나에게도 곳곳에 작은 추억들이 있는데 여기서 나고 자란 사람들에게 무너진 구마모토 성은 커다란 상처이고 두려움일 것이다.

호텔을 지나면 구마모토 전통민예관이 있다. 그릇, 유리공예품, 도자기, 부채 등 구마모토의 예술가들이 만든 생활용품을 전시, 판매하고 있는 곳이다. 안에는 조선 도공 존해(尊楷)가 그 시작인 고다야키(高田燒) 판매 코너도 있다. 2년 전 여름 이곳 민예관에서 산 부채는 지금까지 잘 쓰고 있다.

하나바타초 역(花畑町)으로 걸어간다. 구마모토 성을 둘러싸고 크게 한 바퀴 도는 셈이다. 오른쪽으로 구마모토 대신궁이 완전히 무너져 내린 모습이 보인다. 지붕이 땅에 떨어진 처참한 모습이다. 성난 자연은 두렵다. 하늘은 속없이 푸르다. 성 옆을 흐르는 강은 태연하다.

구마모토 물 검정 시험

역으로 왔다. 울산정에 가기 위해 시전을 탔다. 바닥을 내려다보니 나무로 된 낡은 전차 바닥을 군데군데 합판으로 수선해 놓았다. 양말을 꿰매어 놓은 듯 어딘가 정겹다. 의자 옆에 A4용지 묶음이 걸려 흔들리고 있다. 펼쳐보니 '구마모토 물 검정시험' 안내서와 문제지이다.

제9회 구마모토 물 검정 3급 시험

수험기간: 7월 1일~ 9월 30일

수험방법: 우송에 의한 통신 시험

출제범위: 구마모토 물 검정 공식 텍스트북 개정판 등

문항수: 30문제(객관식)

합격기준: 70점 이상

결과발표: 당월 도착분은 다음 달 중순 발표 예정(예: 7월 도착분은 8월 중순에 발표 예정)

시험은 3급부터 가장 레벨이 높은 1급까지 있으며 합격자에게는 구마모토 시에서 발급하는 합격 카드를 보내준다. 카드에 어떤 특전이 있는 것은 아니다. 시험을 볼 사람은 문제지를 집으로 가져가서 푼 다음 우송한다. 응시료는 무료지만 우편 요금은 응시자 부담이다. 서른 문제를 풀다 보면 자신이 살고 있는 구마모토의 물에 대해서 자연스럽게 잘 알게 될 것이다. 이런 방법으로 지역에 대한 관심을 끌어내고 참여하게 함으로 더 잘 알게 하려는 시도가 신선하다.

구마모토는 물의 도시이다. 강도 많고 물을 절묘하게 이용한 인공 정원인 스이젠지(水前寺) 공원도 유명하다. 또 지하수를 100퍼센트 식수로 사용하고 있으며 유엔으로부터 물 관리 세계 최우수 도시로 선정된 적도 있으니 가히 물 검정 시험이 생길 만하다.

나중에 역 관광안내소에 들러 물 검정 시험을 보는 취지를 확인해 보았다. 짐작대로의 대답이었다. 구마모토는 땅에서 솟아오르는 용수도 많고 강도 많아서 물과의 관련성이 큰 지역이기 때문에 시민에게 물에 대한 관심을 끌어내고 더 잘 알고 보존하기 위한 취지라고 한다.

1년에 한 차례씩 검정을 실시하는데 올해가 9년째이다. 이 시험을 통해 구마모토의 물에 대한 인식을 새롭게 하고 정보를 얻은 시민은 이미 상당한 수가 되었을 것이다. 검정 시험 합격자들은 이른바 자발적으로 배출된 물에 대한 준전문가인 셈이다. 지역에 대한 시민의 관심을 이끌어내는 참신한 시도이다.

문제지를 한 부 가방에 넣었다. 밤에 호텔에서 풀어보아야겠다.

400년 전 흔적을 찾아서

울산정(蔚山町, 울산마치) 역에 도착했다. 시전 정류장에 선명히 쓰여 있는 '울산(蔚山)'이라는 한자와 한글을 본다. 한자도 같고 발음도 같다.

울산정은 구마모토 성 바로 옆에 있는 지역이다. 400여 년간 울산정으로 불리다가 현재는 명칭이 변경되어 신마치(新町)가 되었지만 지금도 시전 정류장은 울산정이라는 이름으로 남아 있다.

기요마사는 정유재란 때 울산을 점령한 뒤 조선인을 동원하여 울산

성을 축성한다. 조·명연합군과의 전투에서 식량과 물 부족으로 참혹한 경험을 한 가토는 일본으로 퇴각할 때 울산성을 쌓았던 많은 조선인을 끌고 온다. 울산정의 유래는 기요마사가 죽을 고비를 넘긴 울산을 생각해서 붙인 이름이라고도 하고 조선인 포로들이 많이 살던 곳이어서 붙은 이름이라는 등 여러 설이 있다.

기요마사가 울산성 전투에서 느낀 두려움 때문에 마음에 새기려고 붙인 이름인지 울산에서 끌려온 사람들이 모여 살아서 붙은 이름인지는 확실하지 않다. 하지만 그가 귀국 때 많은 조선인을 끌고 왔다는 것이 사실인 이상 울산정이라는 동네와 조선인들의 거주지가 무관하지는 않을 것이다.

거리를 지나다니는 사람도 예사로 보이지 않는다. 이런 게 핏줄인지 모른다. 거리를 돌아본다. 골목을 걸어 본다. 옛날에 조선인들이 살았다는 어떤 흔적도 남아 있지 않지만 애정을 담아 전봇대며 집이며 지나가는 사람들을 보며 걷는다.

앞서 걷던 한 할머니가 간장 가게 효고야(兵庫屋)로 들어간다. 시전 울산정 역에서 내려 골목으로 들어서면 왼쪽에 넓은 주차장이 있고 효고야 본점이 보인다. 효고야는 기요마사의 부하가 나중에 상인이 되어 된장과 간장을 제조하여 판매하던 오래된 가게인데 특히 울산 간장은 지금까지도 인기 품목이다. 가게 안에는 울산정이라고 쓰여 있는 옛날 간판이 있어서 이곳이 울산정으로 불리던 때의 흔적을 겨우 볼 수 있다.

한국의 울산과 구마모토는 피해도시와 가해도시라는 악연으로 사백여 년을 지냈지만 2010년에 우호협력도시 협정을 체결했다. 불편했던 과거를 넘어 새로운 연을 맺고 교류해 나가자는 취지이다. 골목길을 걸으며 울산정의 공기를 느껴본다. 아무것도 느껴지지 않는다. 그저 아직도 남아 있는 울산이라는 이름만 확인하고 시전 정류장으로 돌아왔다.

시전을 탔다. 빈자리에 앉았다. 골목길을 이리저리 돌아다닌 탓인지 땀이 난다. 손수건을 꺼내려고 주섬주섬 가방 속을 뒤지는데 옆에 앉은 할머니가 손으로 부채질을 해 주신다. 괜찮다고 해도 웃으며 손부채질을 해 주신다. 손수건을 꺼내 땀을 닦고 할머니와 눈인사를 했다.

아끼던 물건을 잃고 골목길을 헤매고 다니다가 결국 찾지 못하고 눈물이 그렁그렁 맺혀서 집에 돌아온 어린 날처럼, 나는 울산정 골목길에서 뭔가를 찾고 있었던 듯하다. 아무것도 찾지 못한 나에게 할머니의 손부채질은 따뜻한 위안이었다. 마음속에서 그렁그렁 눈물이 고여 떨어졌다.

곧 혼묘지(本妙寺)입구 역이다. 가방을 뒤져서 사탕을 꺼내 할머니께 모두 드리고 시전에서 내렸다.

혼묘지 가는 길

역에 내리니 햇살이 꽤 따갑다.

열세 살 어린 소년의 마음으로 평생 부모와 고향을 그리워하다 79세에 이곳에서 입적한 소년 여대남(余大男, 1580~1659)을 찾아간다.

혼묘지(本妙寺)는 구마모토의 영웅 기요마사를 모시고 제사를 지내는 절로 구마모토 사람들에게는 성지와 같은 곳이다. 원래 오사카에 있던 것을 기요마사가 구마모토 성 안으로 옮겼다가 그가 죽은 후 유언에 따라 이곳으로 옮겨온 것이다. 혼묘지도 조선과 관련이 깊은 곳이다. 사명대사의 친필과 이순신 장군의 칠언절구, 한때 기요마사의 포로였던 선조의 아들 임해군의 한시가 이 절에 보관되어 있다고 한다. 그 외에도 기요마사와 얽힌 두 사람이 더 있다. 그중 한 사람이 여대남이다.

1593년 진주성 전투에서 승리한 기요마사의 군대는 6만 명이 넘는 조선인을 무참히 살육하고 약탈했다. 당시 경남 하동에 살던 열세 살 소년 여대남은 기요마사에게 잡혀 일본으로 끌려온다. 일련종의 고승 닛신(日眞)은 여대남의 사람됨을 보고 제자로 삼아 출가시킨 후 일요(日遙, 니치요)라는 법명을 주고 불교대학에 유학시키는 등 후원을 아끼지 않았다. 그 후 혼묘지 초대 주지였던 닛신의 지원으로 여대남은 제3대 혼묘지 주지를 계승한다. 한국 이름은 여대남이지만 이곳에서는 일요스님으로 살게 된다. 여대남의 흔적을 찾아 혼묘지로 간다.

골목 위에 혼묘지라고 쓴 표지판이 보인다. 표지판을 따라 걷는다. 혼묘지 우체국을 지나니 갈림길이 나온다. 왼쪽 길로 계속 걷는다. 인도가 따로 없는 좁은 길이라 길가에 바짝 붙어서 꽤 걸었는데 가고 있는 길이 맞는지 모르겠다. 반대편에 노란색 티셔츠에 운동복을 입은 할아버지 한 분이 목에 수건을 감고 걷고 있다. 혼묘지 가는 쪽이 맞는지 물어보니 할아버지가 뒤에 있는 계단을 가리키며 오라는 손짓을 하신다. 할아버지를 따라 돌계단을 올라가니 작은 공원이 있고 다시 위쪽의 도로와 이어진다. 할아버지도 운동하러 혼묘지 쪽으로 가는 중이라며 따라오라고 하신다.

방향만 여쭤볼 생각이었는데 일이 커지는 듯하다. 혼자 천천히 가고 싶은데 싫다는 말도 못하고 뒤를 따라 걷는다. 잠시 후 커다란 인왕문이 나온다. 들어가지 못하도록 가벽을 세워서 막아 놓았다. 가까이 가보니 금이 간 기둥이며 바닥에 떨어진 돌이 위험해 보인다. 지진으로 인왕문이 상한 것이다. 할아버지가 인왕문 왼쪽에 있는 좁은 길로 들어선다. 주저하자 "안 잡아갈 테니 안심하고 따라와요." 하시며 휘휘 걸어가신다. 인왕문을 옆으로 도는 주택가 길이었다. 괜히 겸연쩍다.

요시카와 상. 구마모토에서 태어나 사이타마에서 50년 가까이 살다가 지난 4월에 고향 구마모토로 돌아왔다고 한다. 이사 오고 이틀 뒤에 지진이 나서 동네 사람들에게 지진을 몰고 온 남자라고 놀림을 받는다며 웃는다. 90세가 넘은 노모를 돌보기 위해 돌아왔다고 한다. 퇴직 전에는 건축 일을 했는데 여기저기 무너진 구마모토를 보면 마음이 아프다고 한다. 어찌나 걸음이 빠른지 먼저 가시라 해도 멈춰서 기다려주곤 한다.

혼묘지로 가는 길 양옆에는 신사나 사원이 많이 들어서 있는데 특히 오른쪽에 담장이 무너지거나 건물이 부서진 곳이 많았다. 상륜부가 내려앉은 석탑도 보이고 지붕은 기와가 흘러내려서 위태롭다.

인왕문을 들어와 계속 걷다가 앞쪽에 있는 176개의 돌계단을 올라가면 혼묘지가 있다. 올라가는 계단 옆에는 크기와 모양이 다른 수백 개의 석등과 석비가 줄지어 서 있다. 평상시에 운동을 하지 않다 보니 176개의 계단도 보통 일이 아니다. 하늘이 노래질 만큼 힘들다.

요시카와 상이 무슨 일로 혼묘지에 가느냐고 묻는다. 내가 구마모토 사람이 아닌 건 내 질문을 듣고 바로 알았다고 한다. 구마모토 사람이라면 혼묘지를 모르는 사람은 없다고 구마모토는 가토 기요마사의 나라나 마찬가지라며 웃으신다.

한국에서 왔고, 한국 이름 여대남, 일본 이름 일요의 묘지를 찾는다고 했다. 요시카와 상은 묘지가 어디 있는지는 모르지만 혼묘지 종무소 같은 데 가면 알 수 있을 거라고 같이 가주겠다 하신다.

더 이상 못 걷겠다. 쉴 데가 없는지 둘러보니 오른쪽 위에 아카리야(明家)라는 찻집이 보인다. 잠시 쉬어 가자고 했더니 요시카와 상도 쾌히 그러자 하신다.

아카리야의 삼인방

유리 격자문을 열고 들어갔다. 불은 꺼져 있고 아무도 없다. 이렇게 무너진 곳에 오는 관광객은 없을 것이다. 혹시나 하고 "스미마셍." 주인을 불러본다. 작은 방문이 하나 있는데 그 안에서 한참이나 부스럭거리는 소리가 나더니 느릿느릿 주인 할아버지가 나온다. 몸집이 작고 등이 조금 굽은 분이다. 낡은 선풍기 코드를 꽂아 준다. 선풍기는 느리게 돌다가 멈췄다가 다시 몸체보다 서너 배는 큰 소리를 내며 돈다. 타임머신을 타고 삼, 사십 년 전으로 날아온 것 같다.

천장에는 다양한 전등들이 매달려 있고 좌식 테이블이 놓여 있는 공간에도 갖가지 전등과 스탠드가 가득하다. 하나하나마다 이야기를 품고 있을 것 같은 수집품이다.

아이스커피를 주문했다. 할아버지가 냉동고에서 그릇을 꺼낸다. 그릇 안에는 통째로 얼음이 얼어 있다. 작은 망치와 아이스픽을 꺼내 얼음을 깨기 시작한다. 설마하니 망치와 송곳으로 얼음을 깰 줄은 몰랐다. 덜덜거리는 선풍기 소리와 톡톡 거리는 얼음 소리, 둘이 섞이니 묘하게 매력적이다.

할아버지는 이곳에서 40년 가까이 찻집을 열고 있다고 한다. 예전에는 부인이 운영하고 할아버지는 회사에 다녔는데 몇 년 전부터 할아버지가 맡았다고 한다. 요시카와 상이 주변이 이렇게 무너졌는데도 가게를

계속 여느냐고 묻는다.

"안달해도 소용없잖아요. 몇십 년을 여기서 살았는데."

"나도 근 오십 년 만에 고향에 돌아왔는데 이틀 뒤에 지진을 만났어요."

할아버지의 눈이 커진다. 구마모토 사람들끼리만 통하는 아픔, 안타까움을 본다. 할아버지도 마찬가지지만 주변에 사는 사람들도 모두 여기서 그대로 지내고 있다고 한다.

커피가 나왔다. 커피는 400엔. 좀 전에 미리 주머니에 돈을 넣어 놓았다. 요시카와 상보다 먼저 계산을 해야 편하게 마실 것 같았다. 요시카와 상은 운동하러 나왔다가 나를 만나서 같이 왔으니 내가 내는 게 맞다.

요시카와 상도 같은 마음이었던 것 같다. 둘이 동시에 돈을 냈다. 요시카와 상도 절대로 양보하지 않는다. "한국에 갔을 때는 한국인이, 일본에 왔을 때는 일본인이" 하며 자신이 낸다. 주인 할아버지가 "그럼 일본인에게 받겠습니다." 하더니 요시카와 상에게 받는다. 손발이 척척 맞는다.

"한국에는 언제 오시는데요?"

"사람 일은 모르지요."

언제 어디서 다시 만날지 모른다는 마음으로 처음 만나는 사람을 대하고 정성을 다하는 것, 사람 사는 게 모두 이렇다면 꽤 살만한 세상이겠다는 생각이 든다.

할아버지의 커피는 훌륭했다. 손으로 깬 자잘한 얼음이 든 커피는 향도 좋고 맛있었다. 물이 좋아서 그런지도 모른다. 구마모토의 수돗물은 지하수이다. 소독약 냄새도 나지 않고 부드럽다. 할아버지도 요시카와 상도 구마모토 물에 대한 자부심이 대단하다. 나도 구마모토의 물맛은 인정한다.

할아버지가 턴테이블에 레코드판을 올리고 구석에 놓인 의자에 가 앉는다. 의자 하나가 겨우 들어가는 좁은 공간이다. 원래 할아버지가 있던 자리인 듯 작은 몸이 가구처럼 딱 맞는다. 재즈가 흐른다. 눈을 감고 고개를 끄덕이며 흐르는 재즈 가락에 장단을 맞추다가 우리 둘의 대화에 끼기도 한다.

셋이서 많은 이야기를 나누었다. 요시카와 상은 일본에 산재한 우리나라와 관련된 유적과 문화를 이야기하며 두 나라는 형제국이기 때문에 사이좋게 지내야 한다고, 앞으로 꼭 그렇게 되길 바란다고 했다. 또 울산정 이야기를 하며 조선에서 끌려 온 울산 사람들이 이 일대에 많이 살아서 울산정이라고 부른다는 말을 어릴 때 들었다며 요시카와 상 자신도 조선인의 후손인지도 모른다고 한다. 규슈 지역은 한반도에서 온 사람들과 활발하게 혼혈이 이루어진 지역이라 자신도 한반도 사람의 후손일지 모른다고 독도 문제로 한국과 벌이는 분쟁이 부끄럽다 한다. 솔직히 독도는 한국에서 가깝지 않느냐며.

주인 할아버지는 자신이 한국인의 후손이라는 생각을 해 본 적은 없
지만 한국 음식은 이상하게도 입에 꼭 맞는다며 씩 웃는다. 세월을 담
은 미소가 따뜻하다.

13세 소년의 그리움을 찾아서

가게를 나왔다. 한 시간 정도 쉬면서 이런저런 이야기를 하고 나니
다리가 한결 나아졌다. 계단을 마저 올라가면 정면에 혼묘지 본당이 보
인다. 본당 옆에도 석비가 무너진 잔해가 쌓여 있다.

전쟁이 끝난 후 조선 정부는 일본으로 끌려간 조선인들을 본국으로
송환하기 위해 쇄환사를 파견한다. 그 과정에서 한 사행원이 일본에서
여대남을 만나게 되고 하동의 부모와 연락이 닿아 1620년에 여대남은
아버지로부터 편지를 받는다. 열세 살 때 끌려와 마흔이 되어 부모의
소식을 들은 것이다.

아버지의 편지는 눈물로 아들을 기다리고 있으니 꼭 돌아오라는
내용이었다. 여대남은 반드시 돌아가겠다는 답장을 보내고 조선으로
돌아갈 길을 찾는다. 그리고 가토 기요마사의 뒤를 이은 가토 다다히로
에게 나이 든 부모에게 돌려보내줄 것을 호소한다. 그러나 귀국은 허락
되지 않고 오히려 감시를 받게 된다. 여대남은 조선으로 돌아가기 위해
온갖 노력을 기울이지만 끝내 고향 땅을 밟지 못하고 79세에 일본에서

然自初被擄之日今至二十八年而二十八年

與手而棋香朝向日可祝之夕辭傷而告之

祖宗之代別無績不善之狀而衰我孤償有

而使之久苦於無何之域手如是號告非一

八年祈禱之應也大抵子之本情則切慾

如今受十二望外之　書則子之私情藕

之人李走徃拜于

下如意布告績無爵陶之懷而其於當

難妻余而不悔矣最可恨者別無他故子乃

主之食衣香故如此嚴刑之國芙何

少寬　兩胥于四五年之間何如子之面

下書呼注衰陳于圍將及州守之奇

年為限而衰諸之則從皆父母之子也而

追白　下書則九月盡日傳受矣且於此國與

知心之友只與居昌李希尹晋州郭遂密陽卜

斯偕山陰沈雲海捴安金汝英光陽李莊等

五六人朝夕談話破國之事而已矣　且恐重恩迷子

則此國珍重朝鮮之鷹若有來使則須送好

鷹二三而對馬島主及肥後太守前各上賭

物次賭迷子幸甚。

눈을 감는다. '아버님, 어머님, 부디 천수를 누리시며 기다려 주십시오.' 라고 썼던 마지막 편지는 결국 전해지지 못한 채 혼묘지 보물전에 보관되어 있다. 도요토미 히데요시가 벌인 무모한 전쟁은 그렇게 부모와 자식의 천륜마저 끊었다. 여대남의 편지는 현재 일본의 불교문화재로 지정되어 있다.

혼묘지 보물전 앞으로 갔다. 여대남이 조선에 있는 아버지와 주고받은 편지를 직접 보고 싶었다. 하지만 안타깝게도 보물전은 지진으로 피해를 입어 폐관 중이며 언제 다시 열지 알 수 없다고 한다.

종무소 직원에게 여대남의 묘비를 찾고 싶다고 했더니 건물 뒤로 가서 오른쪽에 있는 작은 문으로 나간 다음 숲길을 내려가면 있다고 한다. 요시카와 상과 묘비를 찾기 위해 절 뒤로 나왔다. 종무소 직원이 말한 대로 나오니 작은 숲이다. 벌떼가 요란한 소리를 내며 날아다닌다. 아래쪽은 풀이 우거져 길이 없어 보인다. 어디로 가야 할지 사방을 둘러보고 있는데 아까 길을 알려주던 젊은 직원이 다시 왔다. 찾기 어려울 테니 따라오라고 앞장선다. 풀이 우거져서 길이 아닐 거라고 생각했던 그곳이었다. 풀숲을 지나니 오솔길이 나오는데 여기저기 쓰러진 나무들 때문에 어수선하다. 잠시 후 정리된 길이 나오고 길 한쪽에 나란히 서 있는 묘비가 보인다. 그중 한 묘비 앞으로 안내한다. 비석의 글씨는 희미해서 '일요상인(日遙上人)' 이라는 글자만 겨우 알아볼 정도이다.

묘비 앞에 섰다. 열세 살 소년을 만난다. 아직 부모의 손길이 필요할 때 이국땅으로 끌려와 수도자의 삶을 살았지만 그 마음속에 맺힌 그리움은 오죽했을까? 고국으로 돌아가려고 무진 애를 썼지만 결국 이곳을 떠나지 못하고 사백 년이 지난 지금도 이 자리에 남아 있다. 가만히 비에 손을 올린다. 부모의 마음이 되어 울먹이는 열세 살 소년의 손을 잡는다.

종무소에 돌아왔다. 보물전에 들어갈 수 없는 대신 여대남의 초상과 아버지와 주고받은 편지가 실린 도록을 구입했다.

언젠가 일본 어느 신문에서 일요는 노후의 행적이 뚜렷하지 않기 때문에 어쩌면 조선으로 돌아가 여생을 보냈을지 모른다는 기사를 읽은 적이 있다. 종무소 사람에게 여대남이 조선으로 돌아갔다는 설이 있는데 사실을 아는지 물어보니 빙그레 웃으며 확실히 이 절에서 입적했다고 한다. 기대가 무너졌다. 나는 그가 아무도 몰래 고향 땅을 밟고 그리운 부모의 묘지를 살피고 어루만지며 여생을 보냈기를 바라고 있었는지 모른다.

또 다른 조선인 김환

기요마사를 모시고 있는 조치묘(浄池廟, 정지묘)가 보인다. 조치묘는 정면에 기요마사의 목상을 안치하고 있는데 그 바로 아래가 기요마사의

묘지이므로 건물 전체가 그대로 기요마사의 묘지인 셈이다. 본전 뒤로
는 긴 돌계단이 있고 300계단을 오르면 기요마사의 동상이 서 있다.
계단은 176개로 이미 충분하다. 기요마사의 동상을 보려고 300계단을
오르기는 무리이다.

조치묘의 좌우에는 기요마사의 가신 두 사람의 묘지가 있다. 오른쪽
에는 기요마사의 두터운 신뢰를 받던 가신 오키 가네요시(大木兼能)의
묘지가 있다. 가네요시는 기요마사가 죽은 다음 날 그를 따라 자결함
으로 기요마사의 오른쪽에 묻혔다.

조치묘 왼쪽으로 돌아간다. 무궁화 꽃이 피어 있다. 조선의 악몽 기
요마사의 무덤에서 무궁화를 보다니 참으로 묘한 기분이 든다. 무궁화
너머로 '조선인 김환 묘'라고 쓰여 있는 커다란 돌비석이 보인다.

김환에 대해서는 사료적으로 자세히 알려진 바가 없지만 기요마사에
게 포로로 넘겨진 선조의 아들 임해군과 순화군을 섬기던 신하였다는
설이 있다. 일본으로 끌려간 김환은 기요마사를 새로운 주군으로 모시
게 되는데 능력을 인정받아 기요마사의 핵심 측근이 된다.

묘지 옆에 있는 안내문을 읽어본다.

'김환은 임진왜란 때 기요마사 공(公)에게 잡혀 온 조선인으로 기요마사 공을
모시는 신하가 되어 총애를 받았다. 김환은 기요마사 공이 죽었을 때 바로 할복하
려고 했지만 자녀 두 명이 말리며 칼을 숨겼기 때문에 실패로 끝났다. 그러나 기요

마사 공의 7주기를 맞은 겐나元和 3년(1617)에 자녀들이 방심한 틈을 타서 집에 온 통장수의 손도끼로 할복하고 순사했다. 본명은 양포감(良甫鑑)이며 일본인 처를 얻어 두 명의 자녀를 두었다.'

쓸쓸한 마음이다. 조선인으로 일본인 주군을 모시고 주군이 죽은 후 7년간이나 기회를 보다가 뒤를 따라 자결했다는 사실이 다소 충격이다. 자신의 목숨을 부지하고 부귀와 영달을 위해 신념도 내던지고 새로운 주군을 받든다. 기요마사의 왼쪽에 자리한 조선인 김환. 인간의 나약한 모습일지 모른다.

혼묘지를 나왔다. 계단 아래로 구마모토 시내가 펼쳐져 보인다.

마음에 담은 우정

요시카와 상이 자신이 매일 되뇌는 좌우명을 이야기한다.

"다툼을 일으키지 않는다
사소한 일에 애태우지 않는다.
평화롭게 모두와 사이좋게 지낸다."

이 말을 듣고 "교회나 절에 다니세요?" 물었을 정도이다. 큰소리로

웃으며 무교라고 하신다. 참으로 자신의 좌우명대로 살고 있는 분인 듯하다. 요시카와 상은 이사 온 지 이틀 만에 큰 지진을 겪고 많은 걸 느꼈다고 한다. 밥을 먹고 길을 걷고 이웃을 만나는 평범한 일상이 얼마나 소중한지 알게 되었고 한국을 비롯한 이웃 나라의 위로와 도움에 진심으로 감사하게 되었다고 한다. 한국인으로서 일본인으로서 각자의 나라를 대신하여 우정을 쌓자고 하신다. 발아래에서 뒹굴고 있는 무너진 석등이며 석비를 가리키며 무너진 잔재 위에 새로운 관계를 쌓아가자고 하신다.

구마모토에 오면 꼭 다시 만나고 싶은 분이다. 하지만 메일 주소나 전화번호를 교환하는 건 하지 않기로 했다. 다시 만나면 만나서 좋은 것이고 못 만난다 하더라도 마음을 다해 진심을 담은 우정을 나누었으니 그것으로 의미가 있다는 요시카와 상의 생각에 동감한다.

큰길까지 내려왔다. 악수를 하고 헤어졌다.

다시 만나지 못할 걸 알면서 나누는 인사는 뜨겁다. 요시카와 상이 가다가 돌아서서 두 팔을 들어 크게 손을 흔든다. 나도 다리 위에 서서 팔이 아프도록 손을 흔들었다. 요시카와 상의 노란 티셔츠가 노란 점처럼 작아 보일 때까지 다리 위에 서 있었다.

다섯째 날- 미야마 느린 산책
(미야마 마을- 가고시마 현)

햇살 같은 아이들

호텔을 나와 가고시마중앙 역으로 걷는다. 이주인(伊集院, 이집원)으로 가는 보통열차를 탔다. 20분이 채 걸리지 않는다.

보통열차는 매력적이다. 통근하는 사람들, 교복 차림의 학생들 틈에서 잠시 여행자인 걸 잊는다. 여기저기서 들려오는 대화도 흥미롭다. 역에 정차하는 시간도 길고 간혹 급행열차를 먼저 보내기 위해 대기하기도 한다. 선로 옆에서 자라는 키 작은 풀까지 눈에 들어온다. 느린 대신 얻는 덤이다.

이주인에 내려 출구가 하나뿐인 역을 나왔다. 눈에 모두 들어올 정도로 작은 동네가 펼쳐진다. 역 광장에는 포클레인 소리가 요란하다. 공사 중이다. 다음에 다시 왔을 때 어떤 모습일지 기대된다.

버스 정류장을 찾는다. 역 맞은편에 정류장 푯말이 보인다. 서너 걸음이면 건너는 횡단보도 앞에 섰다. 파란색 반바지에 하얀 반팔 운동복을 입은 학생들이 열 명 정도 모여 있다. 밝은 얼굴로 "오하요 고자이마스!(안녕하세요)" 하나같이 고개 숙여 인사를 한다. 일본 곳곳을 다녔지만 길에서 만난 처음 보는 사람에게 이렇게 반갑게 인사하는 곳은 본 적이 없다. 까맣게 그을린 환한 아이들. 잠시 멍해질 만큼 화려한 환영이다.

"인사 고마워. 기분이 환해졌어."

쑥스러운 듯 아이들이 또 웃는다.

몇 학년이냐고 물었다. 중학교 1학년이라 한다. 그러고 보니 같은 운동복에 운동화를 신고 있다. 사진을 찍어도 되냐고 했더니 "야, 모여, 사진 찍으신대." 아이들이 우르르 모여든다.

아이들이 탈 버스가 왔다. 우리는 웃으며 손을 흔든다. 버스가 떠나는 순간까지 눈을 맞추며 활짝 웃는 햇살 같은 아이들.

미야마, 미산(美山), 그 아름다운 마을로 가는 길이 시작되었다.

아름다운 마을 미야마

기다리던 구시키노(串木野)행 버스가 왔다. 승객은 나 혼자뿐이다. 기사 아저씨가 어디까지 가느냐고 묻는다. 짧은 말 속에 가고시마 사투리가 진하게 배어 있다. 미야마 마을에 들어서서 첫 번째 정류장에 내리겠다고 했다. 제대로 버스를 탔는지 불안한 여행자는 이제야 마음이 놓인다. 규슈 지역은 가고시마나 미야자키로 내려오면 사투리가 확연히 달라진다. 기사 아저씨의 사투리를 들으니 가고시마에 온 실감이 난다.

버스는 우리 시골과 꼭 같은 길을 달린다. 십여 분을 달려 미야마에 도착했다. 버스에서 내렸다. 집은 띄엄띄엄 떨어져 있고 길에는 사람 한 명 없다. 방금 내린 곳을 둘러본다. 채송화를 닮은 키 작은 꽃이 노랗게 빨갛게 담벼락 밑에 피어 있다. 그 앞에 무인판매대가 하나 서 있다. 사방은 고요하다.

우선 관광안내소부터 찾아야겠다. 관광안내소에서 지도도 받고 궁금한 걸 물어야겠다. 그런데 관광안내소는 어디에 있을까? 있기는 할까? 도무지 있음 직하지가 않다. 버스를 내린 자리에서 잠시 숨을 고른다. 맞은편에 커다란 지도 같은 게 보인다. 길을 건너 그 앞에 선다. 도자기 가마를 안내하는 마을 안내도였다.

관광안내소는 보이지 않는다. 다시 버스 내린 쪽을 둘러본다. 자판기가 놓여 있고 안쪽에 노자키라고 쓰여 있는 제법 큼지막한 가게가

薩摩焼の里　美山

Wellcome to MIYAMA, Vil

㉕ 手づくり屋 温温

⑧ 体験 千窯岩

地区公民館
東郷茂徳記念館

P

🚻

ごはん 🍜 ㉔ 休

P

木工＋喫茶
夏ノ庭

手打ち 入形ギャラ

㉓

沈壽官窯 ⑦

㉗ P

瀬川陶苑
美山笑点 ④

美山

⑥

野崎酒店 十郎窯

⑤ 体験

炎舞陶苑

美山保育園

自治公民館

P
🚻 体験 美山陶遊館

Ⓔ

⑯ 木の工房
tegetege

Ⓕ Ⓖ

Ⓓ

보인다. 노자키 씨네 가게인가 보다. 가게로 가서 물어봐야겠다. 다시 길을 건넌다.

가게에 들어섰다. 할머니 한 분이 나온다. 간단한 식료품도 팔고 과자나 음료수도 있고 일용품도 파는 전형적인 시골 슈퍼이다. 차가운 녹차를 집어 들고 관광안내소가 어디 있는지 여쭈어 보았다.

"관광안내소? 여긴 그런 건 없는데? 필요하면 거기 지도 가져가요."

가게 한쪽에 놓인 복사물을 가리킨다. B4용지에 복사해 놓은 흑백 지도이다. 앞면은 마을 안내도이고 뒷면은 도자기 가마와 찻집, 공방을 안내해 두었다. 좀 전에 길 맞은편에서 본 지도와 크게 다르지 않다. 내가 가려는 옥산신사(玉山神社, 다마야마신사)가 지도 왼쪽 끝에 그려져 있기는 하다. 그나마 옥산신사 중 '옥' 자는 지워지고 '산신사' 세 글자만 남았다. 자세한 거리는 없이 길만 그려놓았다. 이걸로 갈 수 있으려나? 이마에 주름을 지으며 지도를 들여다본다.

옥산신사는 400여 년 전에 조선에서 끌려와 가고시마 해안 지역에 표착한 조선인 도공들이 우여곡절을 거쳐 이곳 미야마에 자리를 잡은 후 단군을 모시며 제사를 드리던 곳으로 처음에는 옥산궁(玉山宮)이라 불렀다. 마을 사람들은 추석이면 한복을 입고 도공들과 그 가족들이 고국으로 돌아갈 수 있게 해 달라고 빌며 제사를 지냈다고 한다. 당시 제사에서는 《청구영언(靑丘永言)》에 나오는 조선어로 된 노래를 불렀다고 한다.

"오날이 오나리쇼셔(오늘이 오늘이소서)

마일에 오나리쇼셔(매일이 오늘이소서)

졈그디도 새디도 마리시고(저물지도 새지도 마시고)

새라남(새더라도)

매양당식에 오나리쇼셔(늘 변함없이 오늘이소서)"

메이지유신 이후 신사 정리 정책에 따라 옥산궁은 옥산신사로 격하되었고 1907년에는 건물도 신사 형식으로 바뀌었다. 그때의 모습을 지니고 있을 리 없지만 흔적이라도 찾아보고 싶었다. 고국과 고향을 향한 애절한 마음이 모여 있던 그곳에 서고 싶었다.

"어디 가려고?"

"옥산신사에 가려고요. 어떻게 가면 되나요?"

"거긴 혼자 못 가요."

역시 그렇다. 오기 전에도 옥산신사에 가는 게 조금 걱정이었다. 미야마 마을은 시(市)나 현 같은 공공기관에서 만든 공식적인 홈페이지는 없고 마을 사람들끼리 자신들이 운영하는 공방을 소개하거나 음식점을 안내하는 홈페이지가 있었다. 거기에 옥산신사에 가는 길이 나와 있었다. 인적이 드문 곳이니 두 명 이상이 가는 게 좋다고 쓰여 있었다. 할머니도 역시 같은 말씀을 하신다. 사람들이 잘 안 다니는 길이니 혼자는 안 된다고 하신다.

"그럼 어쩌지……." 혼잣말을 하는데 할머니가 뭔가 생각난 듯,

"아! 그러고 보니 오늘은 거기 사람 있네."

"예? 정말이요?"

"응, 오늘 저녁에 마을 축제가 있거든. 그래서 신사 가는 길 청소도 하고 풀도 베어야 해서 지금 서너 명이 신사에 올라가 있다우. 바로 가면 그 사람들 만날 수 있어."

"진짜 혼자 가도 되는 거예요?"

"지금 가면 돼. 사람들 있으니까 바로 가 봐요."

아! 하늘이 도우셨다. 아니 그분들이 불러주시는 걸까? 혼자 다니는 여행이라 간혹 외진 길, 끝을 모르는 길, 그래서 오는 불안감 같은 복병을 만나고는 한다. 옥산신사는 못 갈지도 모른다는 생각을 했는데 오늘이 마을 축제라니 정말이지 날을 잘 잡았다. 누군가 슬며시 등을 밀며 도와주는 느낌이다. 안심이 된다. 할머니가 가리킨 길을 따라 옥산신사로 향했다.

그 길을 따라 걷다

고요하다. 햇살 탓인지, 원래 사람이 없는지, 지나가는 사람이 한 명도 없다. 조용한 데다 깨끗하고 공기도 맑아서 예술 하기는 제격인 동네다. 그림지도라 찾아갈 수 있을까 걱정했는데 작은 동네라 그 지도로도

충분했다. 버스를 내린 곳에서 버스 진행 방향으로 곧장 가다 보면 오래된 돌벽이 나온다. 돌벽에서 왼쪽 주택가 골목으로 들어가서 걷다 보면 커다란 첫 번째 도리이를 만난다. 좁은 골목을 다 채운 크기이다.

골목에도 아무도 없다. 조금 더 걷다 보면 마을 묘지가 있고 그 앞에 두 번째 도리이가 서 있다. 마을 홈페이지에 두 번째 도리이에서 위로 난 언덕길을 따라 올라가면 차밭이 나온다고 쓰여 있었다. 바닥을 보니 풀을 벤 흔적이 뚜렷하다. 벤 풀을 길옆에 던져 놓았는데 채 시들지도 않았다. 요 앞 어디쯤에서 사람들이 풀을 베고 있겠다는 생각이 든다. 든든하다.

완만한 오르막길을 올라간다. 초록색 사일로 같은 것이 두 개 있고 그 앞에 세 번째 도리이가 서 있다. 눈앞에 넓은 차밭이 펼쳐진다. 옆에는 키 큰 나무들이 차밭을 두르고 있다. 그래, 여자 혼자 올 만한 곳은 아니다. 차밭 사이로 나 있는 길에 발을 들이려니 조금 주저된다. 머뭇거리며 발아래를 내려다본다. 풀 벤 자국이 선명하고 길가에 던져 놓은 풀더미에서는 희미하게 풀냄새까지 난다. 다시 안심한다. 농사 때문에 차도 오가는지 길도 꽤 넓다. 저기 모퉁이쯤 가면 틀림없이 사람들이 보일 거야. 차밭으로 발을 내디뎠다. 걷다 보니 차를 수확할 때 쓰는 듯한 창고 같은 건물이 서너 채 서 있고 햇살만 소리 없이 이글거릴 뿐 사방은 고요하다.

차밭을 벗어났다. 저만치 앞에 네 번째 도리이가 보인다. 이제 바닥은

축축하고 나무에 가려져서 햇빛도 잘 들어오지 않는다. 좀 전에 차밭에 내리쬐던 태양은 흔적도 없다. 어둑한 녹색 터널에 들어와 있는 느낌이다.

400여 년 전 이 깊은 산골에 터를 잡은 그분들이 고향 땅을 그리워하며 제사를 올리던 곳을 향해 간다. 그때는 지금 같은 차밭도 없었을 테고 사방이 산이었을 것이다. 그리운 마음에 풀숲을 헤치고 길을 내어가며 옥산신사로 오셨을 그분들 마음을 생각하며 걷는다.

마을 사람들은 신사에 있는 걸까? 신사를 향해 발길을 옮긴다. 드디어 저 앞에 단아한 모습의 옥산신사가 눈에 들어온다. 나무가 우거져 제법 어둑하다. 바깥 세계와는 완전히 단절된 듯, 여기는 다른 세상이다. 시간이 '툭' 하고 끊긴 느낌이다. 여기까지 오는 동안 그들의 마음이 되어 걸었다. 깊은 산골 마을에서 또 이곳까지, 고향을 향한 그리움을 안고 이 길을 헤치고 왔을 그분들을 생각하며 걸었다.

가고시마 현 신사청에서 밝히는 옥산신사의 유래를 살펴본다.

'조선 출병 때 이 땅에 끌려온 사람들은 매년 봄, 가을에 주위에서 가장 높은 무악 언덕에 올라 아득히 멀리 있는 고향을 그리워하며 망향의 마음을 달랬다. 어느 날 밤, 바다 저편에서 큰 불덩어리가 날아와 마을 주변의 큰 바위 위에 떨어졌다. 그때부터 바위는 크게 진동하여 흔들리고 불덩어리는 밤낮을 가리지 않고 타올랐다. 이를 본 마을 사람들이 두려움에 떨며 무당에게 점을 치니 조선 종묘의 신 단군이 마을 사람들을 보호하기 위해 찾아왔다고 했다. 그래서 이 자연석을 신체로 하여 단군을 모시는 사당을 창건했는데 옥산궁 또는 고려신이라고 불렸다.

메이와 3년 2월(1776년) 시마즈가(家)는 옥산궁을 도자기의 신을 모시는 신전으로 축조했다. 이후 보수 등 모든 관리를 번에서 담당하기로 했다. 예전에는 사당 양식의 신전이었다고 하며 현재의 신전은 다이쇼 6년(1917년)에 개축한 것이다. 미야마 지역의 신앙의 중심이며 현재는 도자기 수호의 신으로 숭배받고 있다.'

옥산신사의 유래를 찾아보면 큰 틀은 비슷하지만 일부 조금씩 다른 부분이 있다. 하지만 어느 쪽이든 끌려온 조선 도공들이 아득한 조선 땅과 고향을 사무치게 그리워했다는 사실로 이어진다.

도공들은 근처 다른 지역에서 살다가 이 일대를 자신들의 고향으로 생각하고 터를 잡는다. 또 이곳을 고향의 산을 닮아 아름답다, 그 아름다운 산이 지켜주고 있다는 생각에서 아름다운 산, 미야마(美山)라고 부르게 되었다는 설도 있다.

다시는 돌아갈 수 없는 조선, 그들의 고향. 몸은 돌아가지 못하지만 적어도 신앙의 상징으로 조선의 신을 모시고 싶다는 바람이 '불덩어리가 날아왔다'는 전설이나 '단군이 자신들을 보호하기 위해 찾아왔다'는 전설을 낳게 하고 옥산궁을 세우게 한 것은 아닐까? 고국으로, 고향으로 돌아가고 싶다는 절절한 바람이 전해지는 듯해서 먹먹해진다.

바람이 분다, 소망을 이룬다

네 번째 도리이 아래 섰다. 희미하게 옥산궁이라는 글자가 남아 있다. 이끼 낀 나지막한 계단을 올라 옥산신사 앞에 섰다. 이국땅에 끌려와서 절망 속에서도 쉼 없이 그릇을 구워 사쓰마자기를 탄생시킨 그들의 강인함을 생각한다. 슬픔을 생각한다.

사방은 고요하다. 귀를 기울이면 400년 전 절절하고 애타는 기도 소리가 들려올 듯하다. 그들의 마음 자락에 조금이라도 닿고 싶다. 가만히 두 손을 모은다. 두 눈을 감는다.

문득 가는 바람 한 줄기가 지나간다. 이곳에서는 기도할 때 바람이 불면 소원이 이루어진다는 전설이 있다. 어쩌면 그것도 400년 전 그분들의 간절한 소망에서 생긴 전설인지 모른다.

신사에도 아무도 없다. 할머니는 틀림없이 서너 명이 있을 거라고 하셨는데 그리고 올라올 때도 풀냄새가 가시지 않은 풀더미가 길가에 쌓여 있었는데 사람들은 대체 어디 있는 거지? 길이 엇갈린 걸까? 마을로 내려가는 길은 이 길 외에는 없어 보인다. 그렇다면 이미 풀을 베고 다 내려간 후에 나는 누군가 있다고 믿으며 겁 없이 올라왔다는 이야기가 된다.

갑자기 두려움이 밀려온다. 새 소리에도 바람 소리에도 민감해지고

온몸이 귀가 되어 파들거린다. 감싸듯 촉촉하던 녹색이 축축하게 옥죄는 듯 느껴진다. 올라올 때는 사방을 둘러보고 풀 향기를 맡으며 기대로 마음이 부풀어 있다가 갑자기 두려움에 빠졌다. 그러면서도 그 짧은 순간, 여기까지 올 수 있어서 다행이라는 생각이 들었다. 마을 사람들이 풀을 베어 주지 않았다면 여기까지 오지 못했을 건 틀림없다. 좀 전에 기도할 때 스쳐 간 바람의 의미를 이해할 것 같다.

마음으로 다시 인사를 드리고 숲을 나왔다. 앞에 있는 차밭이 아득히 멀게 느껴진다. 창고 같은 건물에서 누군가 튀어나와도 전혀 이상하지 않다. 아, 혼자 오는 게 아니었다. 뛰다시피 차밭을 지났다. 숨이 턱까지 차서 언덕길까지 왔다. 아래로 마을의 지붕이 보인다. 휴…… 가슴을 쓸어내린다.

사쓰마자기의 명성을 드높이다

언덕길을 내려와서 마을 묘지가 있는 곳으로 걷는다. 처음에 들어온 골목길의 맨 끝에 박평의 기념비가 서 있다. 박평의는 심당길과 함께 사쓰마자기로 유명한 도공이다.

기념비 앞에 섰다. 말없이 풀만 무성하다. 기념비에 빼곡하게 적힌 내용을 전부 읽어보았다. 내용은 대략 이렇다.

薩摩焼創祖　朴平意
朴平意は朝鮮で生まれ、豊臣秀吉の慶長の役で
出兵した島津義弘に連れられてきた。慶長3年
(1598年)薩摩国日置郡串木野島平に、上陸
した平意は、陶工のリーダーとして串木野の荒
地の中に窯を築き製陶を始めたが、苦難の生活が
続いた。5年後、苗代川(現在の美山)に移り純良
な土を見つけるために藩内くまなく探し、やっと
霧島山中・指宿・加世田等で白土や薬石、なら木、
の類を発見した。見つけては焼き、何回も試した。
その間、心はあせり苦心惨憺寝食を忘れる事も
あった。そして、やっとの事で色の純然とした質の
高雅のものを作りあげ、早速これを藩主に献上した。
藩侯の喜びは大変なもので、義弘より清右衛門の名
を与えられ苗代川初代の庄屋を命ぜられた。それ
から陶器の製造が盛んとなり、薩摩焼の名声は世
に著われるようになった。
平意は、寛永元年(1624年)5月　65歳で
病死した。
平成10年3月31日　再建
東市来町教育委員会
薩摩焼創祖
朴平意記念碑
平成十年三月三十一日

'박평의는 조선에서 태어나 도요토미 히데요시 조선 침략 당시 출병한 시마즈 요시히로에게 끌려왔다. 1598년 구시키노 시마비라(島平)에 상륙한 박평의는 도공들의 리더로서 구시키노의 황무지에 가마를 만들고 도기를 만들기 시작하지만 힘든 생활이 계속되었다. 5년 후 나에시로가와(현재의 미야마)로 옮겨 좋은 흙을 찾기 위해 헤매고 다니다가 기리시마 산속, 이브스키, 가세다 등에서 백토와 약석, 참나무를 발견했다. 여러 번 굽기를 반복하며 시험하였다. 초조하고 애타는 마음에 먹고 자는 것을 잊을 때도 있었다. 드디어 색이 온전하고 우아한 자기를 만들어내어 번주에게 헌상하였다. 번주는 크게 기뻐하였고 박평의는 요시히로에게 세이우에몬(清右衛門)이라는 칭호를 받고 나에시로가와의 쇼야(에도 시대의 촌장 격)가 되었다. 그로부터 도기 제조가 활발해지고 사쓰마자기의 명성을 세상에 드높이게 되었다. 1624년 65세로 병사하였다.'

기념비에 나오는 시마비라(島平)는 시마즈 요시히로에게 끌려온 조선인 포로들이 상륙한 곳이다. 도공들은 처음에 시마비라 해안가에 표착했다가 우여곡절을 거쳐 미야마로 옮겨온다. 당시 가고시마에만 3만 명이 넘는 조선인 포로들이 끌려왔다고 한다. 기술이 있는 사람들은 비참한 상황에서도 살아남았지만 수많은 조선인이 노예로 팔려가거나 인간 이하의 생활을 했다는 것은 많은 사료가 말해주고 있다. 다시는 이런 비극이 없어야 했지만 20세기 초에 비극은 다시 되풀이되었다. 힘 없는 나라의 백성이 안은 아픔을 생각하며 골목을 나온다.

박평의의 후손 도고 시게노리 기념관으로 가기 위해 올 때 버스를 내린 곳으로 걷는다. 작은 마을이라 할머니네 가게에서 받은 그림지도 로도 충분했다. 걷다 보면 그림지도 속의 가게나 공방이 보여서 보물찾기를 하듯 즐겁다.

기념관으로 가는 길에 노자키 할머니네 가게를 지난다. 음료수도 사고 다녀왔다는 인사도 할 겸 가게에 들어가니 할머니가 "벌써 다녀왔네?" 하신다.

"아니, 할머니, 아무도 없잖아요? 가면 사람들 있다면서요. 무서워서 울 뻔했잖아요."

볼멘소리를 하자 할머니는 "그려? 아무도 없었어? 벌써들 베고 내려왔나 보네. 잘 다녀왔으면 됐지 뭐." 태연한 대답이다.

"사람들 있다고 가라고 하셨잖아요. 바로 갔는데 아무도 없었다니까요."

"그랬어? 일찍들 내려왔나 보네."

쿨한 할머니시다. 나는 눈물 콧물까지 매달고 다리에 힘이 빠질 정도로 뛰었는데…….

따지고 보면 풀 베러 간 사람들이 일을 일찍 끝낸 거지, 할머니 잘못은 아니다. 난 할머니 말만 믿고 올라갔지만 결과적으로는 그 덕분에 다녀온 것이다. 처음에 이 가게에 들러 옥산신사를 물어보지 않았더라면, 그래서 할머니 말씀을 못 들었더라면 혼자서는 가지 못했을 것이다.

마을 묘지 옆, 두 번째 도리이에서 언덕을 올려다보며 딱 그쯤에서 포기했을 것이다.

가게에 앉아 할머니와 이런저런 이야기를 나누었다. 한국에서 왔다고 했더니 예전에는 관광버스로 한국인 관광객들이 꽤 왔는데 요즘은 많이 줄었다고 하신다. 관광버스를 타고 오는 한국인들은 모두 심수관 가마에 가기 위해서 오는 것이고 나처럼 혼자 와서 옥산신사를 찾는 한국인은 처음 봤다고 하신다.

박무덕에서 도고 시게노리로

도고 시게노리(東郷茂徳) 기념관으로 향한다. 처음 버스를 내린 곳에서 옥산신사와 반대 방향으로 걷다 보면 왼쪽에 기념관 안내 표석이 있다. 거기에서 왼쪽으로 들어서 걷다 보면 도고 시게노리의 동상이 있고 그곳을 지나면 기념관이 나온다. 기념관 입구에는 도고 시게노리의 생가터라는 표지석이 서 있다.

기념관에 도착했다. 미야마에 정착하여 사쓰마자기를 탄생시킨 43명의 조선 도공들 중 박평의라는 이름난 도공이 있었다. 도고 시게노리는 박평의의 후손으로 20세기 초반에 일본 외무대신을 두 번이나 역임한 사람이다. 시게노리는 1882년 박평의의 12대 후손인 박수승의 장남, 박무덕으로 태어난다. 박무덕이 네 살 때 아버지 박수승은 족보를

매입하여 도고라는 성으로 개명했다. 재능이 뛰어난 시게노리는 30세에 외무고시에 합격하여 외교관의 길을 걷는다. 이후 태평양 전쟁 당시 외무대신이던 시게노리는 전쟁을 주장하는 군부와 끊임없이 대립하지만 일본이 패망한 후 전범으로 기소되어 A급 전범으로 형을 선고받고 복역 중에 사망했다.

이곳은 미야마 지역의 공민관을 겸하고 있는 건물이다. 건물 안으로 들어가니 미야마 지도나 행사, 공지 사항이 벽과 게시판에 붙어 있다. 여기에도 도공들의 이야기는 빠지지 않는다.

'1598년 정유재란 때 조선에서 귀국하던 배는 폭풍에 휘말려 표류 끝에 가고시마 해안에 도착한다. 이 배에 당시 세계 최고의 미적 표현과 도예 기술을 가진 조선 도공들이 타고 있었고 그들은 타국에서 고향을 그리워하면서 도자기를 굽기 시작한다. 이것이 지금까지도 이어지고 있는 사쓰마자기의 원류이다.'

벽 한쪽에는 미야마 주민들의 사진이 크게 걸려 있다. 모두 활짝 웃는 모습이 인상적이다. 15대 심수관의 모습도 보인다.

기념관으로 들어섰다. 기념관은 아담했다. 이번에도 나 혼자다. 도고 시게노리의 연표, 외무대신 시절에 입던 예복, 임명장, 훈장 등을 비롯해 영상 전시물과 함께 많은 사진 자료가 전시되어 있는데 그 이상으로 많은 것은 미야마의 역사에 관한 자료이다. 조선인 도공과 관련된 사진이나 옥산궁에서 나온 유물이 상세한 해설과 함께 전시되어 있다. 박, 심, 이, 최, 백 등 17개 성씨를 가진 도공들이 이주하여 이곳에 정착하게 되면서 미야마 마을이 생겨난 유래도 설명하고 이들 도공들에 대한 번의 정책, 규슈 지역의 조선인 도공 관련 도표나 지도, 옥산궁에서 음력 8월 14일에 제사를 올릴 때 사용하던 제사용품, 지금도 조선어 그대로 쓰이는 도기 제작 도구에 대해 꼼꼼하게 소개하고 있다.

제사는 모두 조선식으로 행해졌다고 한다. 신무가, 어신행축사 등도 모두 조선어였다고 한다. 또 '저고리, 바지, 마고자, 조끼'라는 단어를 비롯해 신도(新刀)를 '신칼', 북을 '부꾸', 장구를 '창구'라고 부르는 등 조선어가 그대로 사용되는 예도 볼 수 있다.

기념관 창 너머로 박평의 가문의 오름가마 터가 보인다. 사쓰마야키를 대표하는 두 인물, 심당길과 박평의를 생각한다. 심당길의 후손은 지금도 심 씨 성을 유지하며 도기 장인으로서 한국과 일본 양국에서 활발하게 활동하고 있고 박평의의 후손은 도고라는 일본 성으로 바꾸었지만 외교 명문가가 되었다. 어느 쪽이 훌륭하다고 판단할 수는 없다. 다만 그들 모두 이국땅에서 온갖 노력을 다해 자신의 입지를 다진 조선인들이며 그분들의 후예임은 틀림없다.

400년을 타오르는 불꽃

　기념관을 나와 미야마 도유관으로 향했다. 이곳에서는 도자기 체험을 할 수도 있고 미야마의 각 공방에서 만든 도자기를 구입할 수도 있으며 정보를 얻고 교류하는 공간이다. 도유관으로 가는 길에 미야마 어린이집을 지난다. 노란 병아리와 민들레가 그려진 간판이 걸려 있다. 아이들 고함이나 노랫소리가 들려올 법도 한데 조용하다.

　도유관 안으로 들어갔다. 한 차례 실습이 끝났는지 채 마르지 않은 토기가 탁자 위에 나란히 놓여 있고 반대편 공방에서는 도자기 체험이 한창이다.

　아사미(朝美) 안내문이 놓여 있어서 읽어 보았다. 매월 둘째 주 일요일 아침 9시부터 오후 2시까지 미야마에서 시장이 열린다는 안내문이다. 도자기, 커피, 음식, 잡화, 야채 등을 판매한다고 한다. 참여하려는 공방이나 식당은 1,500엔의 참가비를 내고 자리를 배정받으면 되고 관광객들은 마을에서 만들어진 도자기나 공방 소품, 지역 먹거리를 한자리에서 살펴보고 구입할 수 있다. 관광객을 오게 하여 미야마를 알리고 자신들이 만든 작품이나 농산물을 판매로 이으려는 마을 사람들의 시도이다.

　도유관 뒤에 있는 언덕에 오른다. 구석에 '사백 년 요'라는 공동 가마가 있고 '한일 우호의 탑'이 서 있다. 탑 아래 400이라는 커다란 숫자

옆에는 손바닥도장이 빼곡하게 찍혀 있다. 안내문을 읽어 보니 사쓰마 자기 400주년을 맞아 남원에 있는 교룡산 산신단에서 불을 붙여서 구례, 순천, 부산을 거쳐 이곳 도공들의 손으로 운반하여 공동 가마에 점화했다는 내용이다. 안내문에 새긴 염원대로 한일 우호의 불꽃이 영원히 꺼지지 않길 기원한다.

도유관을 나와 미나미식당에서 소바를 먹었다. 정갈한 시골 식탁이었다. 맛있게 먹고 새 힘을 얻는다.

심수관가마, 과거와의 조우

심수관가마로 향한다. 아침에 버스를 내린 정류장 맞은편에 있다. 심수관 가마는 미야마에서 15대째 가마를 이어오고 있으며 현재 사쓰마자기라 하면 심수관가마라고 불릴 만큼 가고시마에서 가장 유명한 가마이다. 400여 년 전 일본으로 끌려와 가고시마의 미야마 지역에 자리를 잡은 도공들은 조선인 마을을 이루고 사쓰마자기를 탄생시켜 일본 도자기 산업 발전에 핵심적인 역할을 한다. 그 사쓰마자기의 대표적인 명문가가 심수관가이다.

심수관가마 앞에 섰다. 대문 왼쪽 벽에 석감당이 세워져 있는 것이 흥미롭다. 석감당은 중국에 기원을 둔 재앙을 방지하는 돌인데 주로 모퉁이에 세워놓고 집안으로 들어오는 재앙을 막는다. 왼쪽 기둥에는

沈家伝世品収蔵庫
CHIN JUKAN MUSEUM

'대한민국 명예총영사관' 이라고 쓰여 있는 현판이, 오른쪽에는 '사쓰마자기의 종가 14대 심수관' 이라는 문패가 붙어 있다. 심수관은 조선에서 끌려온 심당길의 12대손 이름이다. 심수관가마는 12대손 때 세계적으로 명성을 떨친다. 이후 심수관이라는 이름을 그대로 이어받아서 13대, 14대를 거쳐 현재 15대 심수관에 이르고 있다.

대문을 들어서면 정면에 돌하르방이 서 있다. 잘 가꾸어진 길을 따라 집안으로 들어서면 왼쪽에는 정갈하고 소박한 정원이 있고 오른쪽에는 수장고가, 마당 맞은편에는 판매점이 있고 위쪽으로는 오름가마가 있다.

심수관가의 선대 도공들이 만든 명품 사쓰마자기는 수장고에서 감상할 수 있다. 수장고는 1598년 가고시마로 끌려 온 초대 심당길로부터 현재의 15대까지 심수관 가문의 작품을 전시하고 소개하는 곳으로 2층 건물에 크게 5개의 전시실로 구성되어 있다.

수장고에서 소개하는 사쓰마자기의 탄생을 살펴본다. 사쓰마자기의 기원은 임진왜란, 정유재란으로 거슬러 올라간다. 가고시마에서 조선으로 출병한 시마즈 요시히로가 일본으로 돌아오면서 끌고 온 조선인 도공들이 가고시마의 각 지역에서 뿌리를 내리면서 사쓰마자기가 탄생한다. 그중에서도 심수관가마가 있는 이곳 미야마는 많은 조선인 도공들이 정착하여 도자기의 주요 산지로 발전하였고 현재까지 사쓰마자기를 제작하고 있다. 특히 번의 보호 아래 메이지 유신 전까지 기술과 풍속,

신앙이 지켜져 왔던 곳으로 다른 곳에서는 전례를 찾기 어렵다. 이들은 메이지 시대까지 조선 이름을 사용하고 조선 풍속을 유지하며 생활해 왔다. 그중에서도 주목할 점은 조선의 말이 보존되었다는 것이다.

3층 전시실로 가니 은은한 조명 아래 '히바까리 찻잔'이 놓여 있다. 400여 년 전 초대 심당길이 만들었다고 전해지는 것으로, 만든 사람도, 사용된 흙도, 기술도 조선의 것이며 오직 불 하나만 일본의 것을 썼다는 의미에서 히바까리('불뿐'이라는 의미)라고 불리는 백자이다. 온전히 하얀색은 아니지만 볼수록 끌리는 그윽함을 지녔다. 고향을 잃은 자의 비애와 예술가로서의 비장함이 느껴진다.

15대 심수관이 제작했다는 초대 심당길 상을 들여다보았다. 어디서나 본 듯한 평범한 얼굴이라 더 그리워진다. 15대 심수관은 예술적인 감성과 유머가 넘치는 분이었다. 몇 달 전 신문을 보다가 우연히 경북 문경의 찻사발 축제에서 15대 심수관이 '사기장과의 대화'라는 제목으로 강연한다는 기사를 읽고 그곳에 간 적이 있다.

15대 심수관은 옹기 공부를 위해 경기도 여주에서 1년 간 생활한 적이 있다고 하는데 인사말을 할 때 한국어 발음이 또렷해서 듣기 좋았다. 강연은 일본어로 진행되었고 통역사가 통역해 주었는데 짧은 시간이었지만 인상적이었다.

정유재란 당시 가고시마 지역으로 끌려온 선조 심당길의 이야기와 백자를 만들어내기 위한 노력, 책 하나에만 의존해서 서양 기술을 습득

古文書 / 手稿

右頁（右より左へ）

ミレナ人ジヤ
이런손사람이로다

츠루구ᄒ이ㄹ마슈
말을잘못ᄒ야ᄒ거슬
ᄀ럿도이스ᄇ니

左頁（右より左へ）

ソ／ウ人
구ᄅ옛사람이로다

ベッジョフナイ人ニヤ
무단ᄒ사람이어든

マヅゴチリマスル
약ᄒ이스ᄆ니

スミ가スニ
목을잘ᄒᄉ나、

アス니ㅇㄱ／ノテクル／ヨフェ／ヘ
져살믐의무르ᄌ거슬ᄒᄋ랴

里人ニ
트ᄅᄒ미사사니

모을사람의무러보ᄉ

スミ가ウスイ
チヲトㄴ
ワケテトニ
아간식는화ᄇ다라

アマリがアルカ
쳐놈잡어오라

アマリがアルカ
나문거시이는가

スミ가ウスイ
목이답ᄒ다

フデ／メッテ／コイ
붓가져오나라

イナカニ／우마ㄹ타人ジヤ
뉘방의사ᄅ신사ᄅ미로다

했던 어려움을 거쳐 결국 사쓰마자기로 유명해지는 과정을 30분 정도 담담히 이야기했다. "영주가 요구하는 자기를 만들어 내면 고국으로 보내준다고 한 말을 믿고 열심히 연구해서 드디어 영주가 요구하던 자기를 만들었지만 고국으로 돌아올 수 없었습니다"라는 구절에는 400년 전의 슬픔이 배어 있었다.

찻사발축제의 기획전인 한·중·일 도자국제교류전에서는 나를 포함한 관광객 서너 명 앞에서 자신의 작품을 설명해 주었다. 도자기에 난 작은 실금이 빛에 반사되어 생기는 색의 변화, 도자기 바닥에 그려 넣은 개구리의 생명감, 예전에 도자기를 구울 때 너무 궁금해서 손전등으로 가마를 비춰본 이야기, 도자기가 어떤 모습으로 완성될지는 어쩌면 도박에 가까운 것 같다는 속마음까지 강연과는 또 다른 느낌이었다. 좁은 공간, 가까이에서 예술가의 고민이나 상상력을 엿보고 또 다른 인간미를 느낄 수 있었다.

수장고의 작품들을 찬찬히 살펴본다. 사가향로, 모녀상, 흑유초화문술병, 관음좌상 등 많은 작품이 전시되어 있었다. 도자기 작품을 보는 것도 즐겁지만 전공이 어학 교육인 탓에 조선어 교습용 서적에도 관심이 간다. 이곳에서는 통역관을 양성하기 위해서 조선어 교육이 계속되었는데 심수관가에 전해지는 8종 12권의 조선어 교본은 조선어 교육의 역사를 알 수 있는 귀중한 유물이라고 한다.

일본 땅에 표류한 조선인과, 일본의 조선어 통역관 사이에 이루어진

대화를 적은 표류 문답기인 《표민대화》, 회화 예문집인 《한어혼몽》, 조선어 회화학습서인 《교린수지》가 전시되어 있다. 《교린수지》를 들여다 본다. 펼쳐진 페이지 외에는 볼 수 없기 때문에 진열장 유리에 코를 박고 꼼꼼히 읽어보았다. '음식' 이라는 부분을 읽어본다.

'음식(飮食)

밥은 으뜸 중의 으뜸이라. 떡은 아무리 먹어도 밥 생각이 난다.'

이렇게 명쾌한 정의가 있을까? 스르르 입꼬리가 올라가면서 같은 뿌리를 가졌다는 뭉클함이 밀려온다.

넓은 수장고의 작품을 돌아보고 나서 판매점으로 간다. 고가의 대형 도자기부터 찻잔 세트, 술잔, 접시 등 생활 소품까지 많은 제품이 전시, 판매되고 있었다.

미야마만의 재미있는 이벤트도 있다. 1,000엔짜리 마패(마패는 내가 붙인 이름이고 손바닥만 한 나무판이다.)를 사서 가마나 공방, 찻집 등 미야마에 있는 가게 열 군데를 방문해서 스탬프를 찍으면 원하는 찻집에서 따뜻한 차 한 잔을 대접받는 이벤트이다. 19개 빈칸 모두에 스탬프를 받으면 가마나 공방에서 만든 공예품을 선물로 받을 수 있다. 기한은 1년이다. 1년 안에 다시 와서 가마와 공방을 둘러보거나 차를 마시면서 스탬프를 받을 생각을 하니 벌써부터 즐겁다.

미야마 도자기가 그려진 면 수건을 샀다. 손수건으로 써도 좋지만 이런 기념품 수건은 대부분 세로로 길기 때문에 소품 주머니를 만들어도 좋다. 휴대용 키보드를 넣을 주머니를 만들 생각이다. 볼 때마다 이 아름다운 마을이 떠오를 것이다.

매점에는 아주머니, 아가씨 그리고 나뿐이다. 두 분 모두 한국에서 온 여행자를 참으로 반갑게 맞아준다. 옥산신사, 15대 심수관 이야기를 하며 잠시 쉬었다. 매점 아주머니가 차와 가고시마 양갱을 대접해 주었다. 차가운 음료수만 마시다가 천천히 따뜻한 차를 마시니 피로가 풀리는 듯하다.

2층에 있는 15대 심수관의 갤러리도 살펴보았다. 판매하는 작품도 있고 팔지 않는 작품도 섞여 있다. 어느 작품이나 입이 벌어지게 아름답다. 혼자서 마음껏 작품을 둘러보고 갤러리를 나와 시마 료타로의 비가 있는 언덕으로 올라간다. 좁은 길에는 도자기 조각이 촘촘하게 깔려 있어서 운치를 더한다.

시마 료타로는 일본의 국민작가라고 불리는 역사소설가로 1976년에 심수관가를 소재로 〈어찌 고향을 잊으리오〉라는 유명한 단편을 남겼다. 조선에서 끌려온 도공들이 미야마에 정착하게 되는 과정이나 사쓰마자기가 탄생하기까지의 역사가 그려져 있어서 미야마라는 작은 마을과 그곳 사람들을 더 알고 싶다는 생각이 들게 한 작품이다. 시마 료타로의 비가 있는 언덕은 말이 언덕이지 갤러리 뒤편에 있는 나지막한 구릉이다. 키 큰 나무가 빼곡해서 짧지만 숲 느낌은 난다.

아래로 심수관가의 오름가마가 내려다보인다. 장작이 처마까지 차곡차곡 쌓여 있다. 옆으로 고개를 돌리니 길가에 수국이 곱게 피어 있다. 그 끝에 팔각정이 서 있다. 팔각정에 올라 사방을 둘러본다. 눈 닿는 곳이 모두 초록이다. 팔각정을 내려와 정류장에서 버스를 기다린다.

이주인 역으로 가는 버스가 왔다. 이번엔 어떤 할머니와 나뿐이다. 이런 상태로 버스 회사가 운영되는지 걱정이 될 정도이다. 할머니는 바로 옆 마을 데라와키 정류장에서 내리고 나 혼자 이주인 역에 도착했다. 역 앞에 관광안내소가 보인다. 이주인에 대한 팸플릿이 있을까 하고 관광안내소 문을 열었다.

온기가 흐르는 시간

할머니 두 분과 할아버지 한 분이 앉아 계시다가 반갑게 맞아준다. 이주인에 대한 팸플릿은 특별한 것이 없다. 나오려는데 할머니가 눈을 맞추며 자리를 권한다. 일본은 시골로 갈수록 관광안내소에 고령자 자원봉사자들이 많다. 사람에 대한 관심인지 정이 많아서인지 대부분 제일 먼저 어디에서 왔냐고 묻는다. 한국에서 왔다고 했더니 세 분 모두 내 앞으로 의자를 끌어온다.

"어떻게 일본어를 할 줄 아세요?" "도시 놔두고 이 시골까지 뭐 하러 왔소?" "왜 혼자 다녀요?" 눈을 반짝이며 이런저런 질문을 하신다. 그리고 유쾌한 대화가 이어진다.

할머니 한 분이 "참! 한국인 한 명 소개해 줄게요" 하신다. 다른 할머니 한 분도 누군지 알겠다는 듯 고개를 끄덕이신다. 국제교류원으로 왔다가 이곳에 정착한 30대 한국인 여성이 운영하는 찻집이 바로 근처에 있다고 한다. 이 시골에서 한국인을 보면 얼마나 반갑겠냐고 같이 가보자고 하신다. 대답할 틈도 없이 두 할머니는 가게가 열려 있는지 보고 온다고 나가셨다. 갑자기 소개라니 그녀도 나도 당황스럽긴 마찬가지일 듯하다. 그나저나 굉장한 여성이다. 젊은 사람이 시골에서 혼자 지내는 게 갑갑할 텐데 분명한 자기 색깔을 가진 여성일 거라는 생각이 든다.

잠시 후 두 할머니가 시무룩한 얼굴로 들어오신다. 가게 문에 오늘은 쉰다는 쪽지가 붙어 있다고 한다. 가게가 열려 있었더라면 아마도 그 가게에서 이분들과 차를 마시며 온갖 질문에 대답하고 있었을 것이다. 오늘 안에 가고시마로 돌아갈 수 있었으려나? 관광안내소를 나오는데 어찌나 아쉬운 표정을 짓는지 다시 들어가야 하나 잠시 고민을 할 정도였다. 정이 넘치는 따뜻한 분들과 헤어져 역으로 왔다.

전철은 붐빈다. 머지않아 체육대회라도 있는 듯 다리까지 새까맣게 탄 아이들이 작은 새처럼 재잘거린다.

기억을 따라

가고시마중앙 역에 도착했다. 아침 일찍 미야마에 갔기 때문에 아직 세 시 반이다. 선암원(仙巖園, 센간원)과 상고집성관(尚古集成館, 쇼코 슈세이칸)에 갈 시간이 충분하다. 600엔을 내고 일일승차권을 구입했다.

일일승차권은 가고시마 시티뷰 버스, 시 전철, 시 버스를 하루 종일 무제한으로 탈 수 있고 수족관, 미술관, 사쿠라지마에 가는 페리 등 몇몇 시설의 할인권도 붙어 있어서 가고시마 시내 관광에 유리한 티켓이다.

역 앞에서 시티뷰 버스를 탔다. 시티뷰 버스는 일반 버스와 달리 관광지를 경유하는 버스이다. 정류장을 지날 때마다 기사가 관광지에 대해 간단히 설명하는 방송을 해 준다. 선암원 앞에서 내렸다. 선암원과 상고집성관은 길 하나를 사이에 두고 있다.

상고집성관은 5시 30분까지, 선암원은 6시까지여서 상고집성관부터 들어간다. 이곳은 일본에서 가장 오래된 서양식 공업 단지로 군함도와 함께 2015년에 메이지산업혁명유산으로 세계유산에 등재된 곳이다. 19세기 에도 막부 말기에 영주 시마즈 나리아키라가 부국강병과 식산흥업을 목표로 동양 최대의 공업 단지 집성관을 조성했다. 구미 열강의 식민지가 될 것을 두려워하여 강하고 풍요로운 나라 만들기를 목표로 조성한 공업 단지이다.

이곳에서는 제철, 대포, 조선, 방적, 도자기 등을 연구, 제조하고 사진과 가스도 연구하고 실험했다. 나리아키라의 죽음으로 사업이 축소되지만 29대 영주 다다요시가 기계 공장을 설립하고 일본 최초의 서양식 방적 공장인 가고시마 방적소를 세운다. 그 기계 공장이 현재 상고집성관의 본관으로 남아 역사와 근대화 사업을 소개하는 박물관의 역할을 하고 있다. 박물관에는 대포와 총기, 공장 기계, 시마즈 가문의 서화나 사진이 전시되어 있다. 근대화를 향해 내달리던 그들의 뜨거움도 느껴지지만 팽창된 그 힘으로 말미암아 주변국이 받은 상처를 생각하면 마음이 착잡해진다.

상고집성관을 나와 건너편에 있는 선암원으로 간다. 상고집성관이 임진왜란 때 조선인 도공들을 가고시마로 끌고 온 시마즈 가문이 조성한 공업 단지이듯이 선암원도 시마즈 가문 당주의 별장으로 지어져서 메이지 시대에는 자택으로 사용된 곳이다. 사쿠라지마 섬과 가고시마 바다를 조망할 수 있는 아름다운 정원은 계절마다 다른 얼굴로 방문객을 사로잡는다.

주석문을 지나 우아한 어전을 둘러보고 류큐왕국에서 헌상했다는 망악루(望嶽楼, 보가쿠로)도 살펴보았다. 어전 정원에서 바라보는 사쿠라지마는 아름다웠다. 날씨가 맑아서 섬 전체가 또렷하게 보인다. 어전을 가운데 두고 주변을 크게 돌면서 순로를 따라 나오는데 작은 고양이 신사가 있다.

시마즈 요시히로는 임진왜란 때 조선으로 출병하면서 고양이 일곱 마리를 데려간다. 그 고양이 눈을 시계 대신 사용했다고 하는데 전쟁 후 살아 돌아온 두 마리의 고양이는 '시간의 신'으로 모셔지게 되었다 한다. 이 작은 고양이 신사까지 한국과 연관이 있다니, 어딜 가나 한국과 관련된 '끈'을 발견하는 땅, 규슈이다.

선암원의 경치를 즐기면서 걷느라 5시 55분 시티뷰 마지막 버스 시간이 지나버렸다. 일반 버스를 탈 생각으로 6시가 조금 지나서 선암원을 나왔다. 출발할 시간이 지났는데 무슨 일인지 시티뷰 버스가 아직 서 있다. 달려가서 아슬아슬하게 타자마자 바로 출발한다. 길이 많이 막히는 걸 보니 아마 도착이 늦어서 출발도 정시보다 늦어진 것 같다. 왼쪽 창으로 사쿠라지마 섬이 손에 잡힐 듯 가까이 보여서 차가 막히는데도 나쁘지 않다.

사쿠라지마의 비지터센터 옆 공원에서 공을 차다가 우르르 잔디밭에 드러눕던 학생들이 생각난다. 소규모 분화를 되풀이하는 화산을 뒤에 두고 태연히 족욕을 즐기던 사람들도 떠오른다. 제주도를 닮은 나기사해안을 걷던 기억도 난다. 그 해변에서 바라보던 육지는 지금 내가 있는 이쯤일까?

버스는 시로야마(城山)에도 들른다. 정한론을 주장한 사이고 다카모리가 최후를 맞은 동굴이 있는 산이다. 예전에 저 산에 오르던 때가 생각난다. 시내에서 가까운 산이라고는 생각하지 못할 만큼 오래된 나무로

우거져 있었다. 이끼 긴 길을 걸어 전망대에 도착해서 오래도록 바라보던 사쿠라지마의 다소곳한 모습도 아직 선명하다. 나는 기억을 따라 슬며시 추억 속을 서성인다.

가고시마의 중심가 덴몬칸에서 내렸다. 덴몬칸을 걷다가 빙수를 먹고 나니 저녁 생각이 없다. 노면전차를 타고 가고시마중앙 역으로 돌아왔다. 호텔로 들어와 1층 커피숍에서 커피를 마신다. 하루가 느린 화면처럼 흐른다.

아름다운 미야마 마을에서 400년 전 그분들을 떠올렸다. 옥산신사를 향해 걸으면서 그분들이 품고 있던 절절한 그리움을 생각했다. 기도할 때 내 머리칼을 날리며 지나가던 바람 한줄기를 떠올린다. 이주인 관광안내소에서 따뜻한 분들과 나눈 이야기를 되뇐다.

모든 것이 오늘 내 앞에 던져진 '끈' 이다. 내가 기억하고 안고 갈 '끈' 이다. 나는 조심스럽게 손을 뻗어 그 끝자락을 잡는다.

여섯째 날- 되살아난 왕의 전설

(남향촌- 미야자키 현)

태양을 품은 도시, 미야자키

미야자키로 가는 길은 아름답다. 평화로운 농촌 풍경이 이어진다. 구름 아래 산들이 겹쳐 이어지고 그 아래 집들이 모여 있고 강이 흐르고 논밭이 펼쳐진다.

좌석은 드문드문 비어 있다. 통로를 사이에 두고 친구로 보이는 백인 청년 두 명이 앉아 있다. 한 청년은 5분 정도 책을 뒤적이다가 진즉에 곯아떨어졌다. 그 옆에 앉은 청년은 부지런히 메모를 하고 있다. 영수증까지 펼쳐 놓고 들여다보는 걸 보니 여행 경비를 정리하나 보다. 작은 필통을 꺼내 놓고 색 펜까지 사용해서 열심히 메모한다. 꼼꼼한 청년이다. 저런 친구를 두면 여행 내내 든든하겠다. 슬며시 웃음이 나온다.

나도 저들도 같은 여행자이다. 오늘 쓴 돈을 계산하고 내일 주머니 속을 생각한다. 청년은 영수증 정리가 끝났는지 무거워 보이는 배낭에서 책을 꺼낸다. 열차 안은 고요하다. 하야토를 지나고 고쿠부에 정차했다. 역 옆에 있는 주차장에 자전거가 빼곡하다. 이 동네 사람들은 모두 자전거만 타고 다니나 싶을 정도로 많다.

가고시마에서 미야자키까지는 특급 기리시마 호로 두 시간 정도 걸린다. 산으로 들어찬 좁은 틈새에 작은 집이 몇 채씩 지붕을 맞대고 있다. 고쿠부를 지나고 기리시마신궁이 가까워지면 양옆으로 꽤 깊은 숲을 끼고 달린다. 철길 옆의 나뭇가지가 유리창에 긁혀서 소리를 낸다. 두 손으로 숲을 헤쳐 가며 달리는 기분이다. 터널도 여러 개 지난다. 터널 밖에는 쏟아지는 빛과 함께 비밀스러운 뭔가가 기다리고 있을 것 같다. 기리시마는 일본의 건국 신화와 관련이 있는 지역으로 하늘에서 내려온 신(神) 니니기노 미코토를 모시는 기리시마신궁이 있다. 하늘에서 신이 내려올 만한 산속이다.

미야자키에 도착했다. 선로에 서 있는 선샤인 미야자키, 야마노사치 우미노사치 등 빨강, 흰색, 노란색이 대비되는 기차를 보며 미야자키에 왔음을 실감한다.

다 함께 만드는 음악 축제

역 광장에서 음악회가 열리고 있다. 미야자키공항선 개업 20주년을 기념하는 음악회이다.

햇살은 따갑지만 빈자리는 거의 없다. 넓지 않은 역 광장엔 회오리 감자, 크로켓, 빙수나 음료를 파는 트럭이 세 대나 와 있다. 음악회이면서 작은 축제이다.

역무원 복장을 한 사회자도 유쾌하다, 미야자키 시 소방단 음악대가 무대에서 준비할 동안 옆에 있는 노점으로 가서 자연스럽게 인터뷰를 한다. "메뉴는 어떤 게 있나요?" "뭐가 제일 잘 팔려요?" "얼마예요?" "맛있어요?" 사회자의 질문에 가게 주인도 적극적으로 자신이 준비한 음식을 자랑한다. 한쪽에는 아이들을 위한 컬러링북도 마련해 놓았고 과자도 준비해 두었다. 작은 음악회지만 역무원들과 주민들이 정성껏 준비한 모습이다.

연주곡도 클래식이 아니라 텔레비전 드라마 주제곡이나 오래된 인기 만화 '마루코는 아홉 살' 같은 친근한 곡으로 선곡했다. 연신 부채질을 하면서도 엉덩이를 들썩거리는 할아버지도 있다. 나도 '마루코는 아홉 살'을 연주할 때 같이 흥얼거린다. 시 소방단 음악대에 이어 근처 초등학교 학생들로 구성된 연주단의 합주까지 들었다. 합주를 마친 아이들이 해냈다는 뿌듯한 표정을 짓는다. 사랑스럽다.

역으로 들어간다. 오늘은 휴가시(日向市)에 있는 남향촌(南鄕村, 난고손)에 간다. 남향촌에 가려면 기차 니치린 호로 휴가시까지 간 후 거기에서 다시 버스를 타고 1시간 20분 정도 이동해야 한다.

열차를 타기 전에 역 구내에 있는 수제 푸딩집에 들렀다. 망고 맛과 라무네 맛 푸딩을 놓고 짧은 고민을 한다. 이게 무슨 고민이라고. 여행은 이래서 즐겁다. 라무네 푸딩을 하나 집었다.

열차는 텅텅 비어 있다. 자리에 앉아 푸딩을 뜬다. 말간 파란색이다. 우도신궁에 가는 언덕에서 내려다보는 바다 색깔을 닮았다. 선택은 썩 좋았다. 달콤한 푸딩을 먹고 나니 한결 기운이 난다. 다카나베 역을 지나서부터 오른쪽으로 바다와 함께 달린다. 창에 비친 햇살이 눈부시다. 미야자키의 태양은 이래야 제맛이다.

미야자키는 다섯 번째이다. 하지만 완벽히 맑았던 날은 처음 왔을 때와 오늘뿐이다. 나머지는 비가 온 날이 두 번, 흐리고 바람 분 날이 한 번이다. 어떤 장소가 주는 인상은 사람마다 다르지만 내 머릿속의 미야자키는 언제나 '눈부신 맑음'이다. 아마도 처음 왔을 때의 인상 때문일 것이다. 오래전 열흘간 규슈를 일주한 적이 있다. 9월 초에 시작한 여행은 미야자키에 왔을 때는 중순이 되었고 체력적으로도 힘든데다 내리쬐는 태양은 강렬했다. 시간이 지나자 미야자키에서 힘들었던 기억은 모두 잊히고 그때의 태양만 남았다. 첫인상은 그렇게 의식을 지배한다.

숲 사이로 드문드문 보이는 바다가 마음을 끈다. 바다는 호락호락하지 않다. 쉽게 얼굴을 내보이지 않는다. 마을 사이로, 숲 너머로 그 푸른 얼굴을 슬쩍 보여주며 여행자의 애를 태운다.

휴가시 역에 도착했다. 널찍하게 잘 지어 놓은 역에 비해 이용객은 거의 없다. 역 안에는 이 지역 출신의 시인, 와카야마 보쿠스이(若山牧水, 1885~1928)의 청동상이 서 있다. 오전 9시부터 오후 5시 30분까지 300엔에 빌려주는 자전거도 준비되어 있다. 여유로운 여행자라면 자전거로 조용한 시골을 만끽해도 좋겠다.

남향촌 가는 길

역을 나와 건너편에 있는 관광안내소로 향한다.

남향촌은 몇 년 전에도 버스 시간이 안 맞아서 가지 못했기 때문에 마음에 두고 있던 곳이다. 그런데 전과 달라진 게 없다. 오히려 전보다 교통편이 더 나빠진 것 같다. 오기 전에 인터넷으로 버스 시간을 검색했다. 이동 시간도 오래 걸리지만 그보다 문제가 되는 것은 배차 간격이다. 남향촌에 가는 첫 버스는 오후 1시이다. 마을에 도착하면 2시 21분. 마을에서 나오는 마지막 버스는 3시 36분이다. 결국 차가 없는 관광객이 대중교통을 이용해서 그 마을에 간다고 하면 마을에서 숙박을 하지 않는 이상 1시간 10분 만에 모든 관광을 끝내고 3시 36분 마지막 버스를 타야 한다는 얘기이다.

설마 다른 방법이 있지 않겠어? 버스 회사 사이트를 몇 번이나 확인해도 더 이상 다른 루트가 없었기 때문에 확인해 보려고 관광안내소에 들렀다. 자원봉사자 할아버지가 도시락을 드시다 맞아주신다. 음식 냄새가 나서 미안하다고 몇 번이나 사과를 하신다. 버스 시간을 확인했다. 내가 잘못 알았기를 기대했지만 인터넷으로 알아본 시간과 같다. 첫 버스 1시, 도착하면 2시 21분, 거기서 나오는 마지막 버스 3시 36분. 버스 시간을 확인하고 나니 힘이 빠진다.

일본 전국 대부분 지역을 다녔지만 교통이 불편하면 불편한 대로 대중교통으로 다녔고 일찍 서둘러서 아침 출발 편을 타면 대부분은 그곳에 머물 얼마간의 시간을 만들고 맞출 수 있었다. 렌터카를 빌리는 방법도 있지만 방향 감각이며 운동 감각 모두 둔한 내가 운전석이 반대인 차를 운전하는 건 다른 운전자들에게 폐가 될 뿐이다.

할아버지께 백제마을은 관광지인데 이렇게 교통편이 좋지 않으면 관광객 유치에 문제가 없는지 조심스럽게 여쭤보았다.

"그렇지요, 접근하기가 많이 불편하지요. 그런데 거기까지 버스로 가는 사람이 거의 없어요. 요즘은 다들 자기 차로 다니니까. 또 지금은 다른 테마파크 같은 데가 많이 생겨서 관광객이 예전에 비해 많이 줄었지요." 하신다.

뭔가 알 듯하다. 교통편 하나만 봐도 남향촌의 현재 상황을 짐작할 것 같다. 씁쓸해진다.

내가 둘러볼 곳은 서정창원, 백제관, 미카도신사이다. 시간이 되면 연인의 언덕에도 가 보려고 했는데 그건 버스 시간을 확인하면서 바로 포기했다. 1시간 10분 만에 세 군데를 다 볼 수는 없을 테고 한두 군데만 본다면 어디가 좋겠는지 여쭤보았다.

할아버지가 손을 저으신다.

"아니, 아니요. 세 군데 볼 시간 충분해요. 다 붙어 있거든."

할아버지 말씀으로는 먼저 미카도신사에 갔다가 서정창원에 들르고 내려오면서 백제관에 가면 된다고 하신다. 과연 1시간 10분 만에 둘러볼 수 있으려나, 만약 버스를 놓치면 한 시간 반 정도 되는 거리를 택시 타기도 부담이고. 가난한 여행자는 걱정이 늘어졌다.

"택시는 많이 비쌀까요?" 여쭤보니 할아버지가 "바보 같은 짓이죠." 하신다. 택시비를 들일 정도로 볼 것이 없다는 의미인지, 비싸니 아예 탈 생각을 하지 말라는 의미인지 정확한 의미를 모르겠다. 남향촌에 가 봐야 '바보 같은 짓'의 의미를 알 것 같다.

시간 안에 충분히 볼 수 있으니 염려 말라시며 역 앞 1번 버스 정류장까지 배웅해 주신다.

여행 동반자를 만나다

출발까지 아직 시간이 남았다. 버스를 기다리는 사람은 나와 어떤 할아버지뿐이다. 진한 베이지색 구두에 같은 색 반 양말을 신고 청바지를 입은 깔끔한 옷차림이다.

"백제마을 가세요?" 가고시마 사투리가 섞이지 않은 말씨이다.

"예, 그런데 마지막 버스를 타려면 한 군데나 제대로 볼 수 있을지 걱정이네요."

"그러게요, 나도 버스 시간 보고 놀랐어요."

이야기가 시작되었다.

현재 요코하마에 살며 이곳이 고향인 다카다 상. 이곳에서 고등학교를 졸업하고 대학부터는 도쿄에서 다녔고 부모님이 돌아가신 후부터는 고향에 오는 것도 뜸해져서 2, 3년에 한 번 정도 온다고 한다. 연세가 있어 보였는데 아이폰을 능숙히 다루는 모습이 인상적이다. 백제마을이 생겼다는 건 예전부터 알고 있었고 오늘 저녁에 초등학교 동창 모임에 가기 위해 고향에 온 김에 가보는 거라 한다.

요코하마에서 여기까지는 오는 데도 만만하지 않다. 다카다 상은 요코하마에서 도쿄의 하네다공항까지 간 다음, 거기서 미야자키까지 비행기로 와서 다시 열차로 휴가시까지 왔다고 한다. 내가 한국에서 오는 만큼 시간이 걸린다. 둘 다 기대가 대단하다. 머무는 시간이 70분뿐이니

열심히 보자고 한다.

버스가 왔다. 마을버스같이 작다. 승객은 다카다 상과 나뿐이다. 관광안내소 할아버지는 대중교통을 이용해서 거기까지 가는 관광객은 거의 없다고 했는데 다카다 상과 나만 놓고 보면 오늘은 백 퍼센트 대중교통을 이용하는 관광객이다.

버스가 출발했다. '시오미노 사토'라는 이름이 예쁜 마을을 지난다. '소금 마을' 정도로 해석하면 되겠다. 휴가시까지 오는 동안 바다를 보며 온 탓인지 이름만 들어도 소금 맛, 바다 냄새가 나는 듯하다. 버스는 오늘 처음 운행되는 게 아닐까 생각될 만큼 깨끗했다. 남향촌에 도착할 때까지 중간에 세 명이 더 탔다.

승객은 꼬박꼬박 졸고 있고 창밖 풍경은 어디나 그림 같다. 특히 진행 방향의 왼쪽 풍경이 아름다웠다. 이렇게 아름다운 곳이 제대로 알려져 있지 않다니 안타깝다.

산 위에 또 산, 그 뒤로 다시 산이 포개진다. 날씨가 좋아서 더 선명하고 아름답다. 버스는 왕복 2차선 도로를 달리다가 30분쯤 지나니 왼쪽으로 난 좁은 길로 들어선다. 순간 버스를 잘못 탔나 하고 긴장했다. 맞은편에서 차가 오면 어떻게 비켜줄지 걱정이 될 정도로 길이 좁다. 걱정이 현실이 되지는 않았다. 믿기지 않지만 그 긴 시간 동안 맞은편에서 오는 차가 거의 없었다. 말도 안 된다고 생각했던 배차 간격도 버스가 마을버스같이 작은 이유도 이제야 알겠다. 모든 게 이해되는 순간이다.

길 아래 계곡에는 파란 계곡물이 흐른다. 깊이에 따라 에메랄드빛을 띠기도 하고 진파랑 물감 색을 내기도 한다. 얼마 만에 이런 계곡을 보는지 모르겠다. 좁은 길가에서 유니폼을 입은 서너 명이 풀을 베고 있다. 돌아올 때는 이 길이 훨씬 넓어지겠다.

보쿠스이중학교를 지난다. 앞에는 쓰보야 강이 흐른다. 보쿠스이가 이곳에서 태어난 건 처음 알았다. 이렇게 깊은 산골에서 태어났구나. 그래서 시가 그렇게 아름다웠나 보다. 보쿠스이의 단가 '백조'를 떠올린다.

"백조는 어이 슬프지 아니하리
하늘의 푸름 바다의 푸름에도
물 아니 들고 떠도네"

여행과 술과 자연을 좋아하던 보쿠스이는 57일간의 조선 여행이 생의 마지막 여행으로 1928년 44세의 나이로 병사한다. 여행 중에 미술관에서 고려청자와 조선백자를 처음 보고 "깊은 역사를 지닌 이 나라의 오랜 도자기를 가슴 설레며 샅샅이 돌아봤다"고 친구 문인에게 남긴 엽서는 지금도 남아 있어서 가끔 근대사 관련 사진전, 엽서전 같은 데서 전시되기도 한다.

햇빛이 좋아서인지 띄엄띄엄 보이는 집마다 빨래가 널려 있다. 맑은 햇살 아래 팔 벌린 빨래가 눈부시다. 버스 안은 고요하다. 나와 다카다 상을 빼고 세 명 모두 자고 있다. 휴대폰을 들여다보던 청년도 정신없이 잠에 빠졌다. 창밖의 경치는 탄성이 나올 만큼 아름답지만 굽이굽이 가는 길이 멀기도 하다. 이 깊은 산골까지 관광객을 불러 모으기 위해서는 뭔가 대책이 필요할 것 같다.

백제왕의 전설, 미카도신사

남향촌에 도착했다. 다카다 상과 어떤 할아버지와 셋이 내렸다. 횡단보도 건너편에 미카도신사 도리이가 서 있고 오른쪽에 백제관이 있다. 그림 안내도를 보고 거리를 가늠하며 고민했던 게 허무해진다. 버스를 내린 곳에서 미카도신사의 도리이까지는 5미터나 될까? 몇 걸음 앞 바로 눈앞에 있다. 다카다 상과 인사를 하고 헤어졌다. 지금 헤어져도 이 좁은 데서 서너 번은 마주칠 것 같지만 오랫동안 벼르다 왔기 때문에 혼자서 편하게 보고 싶다. 다카다 상도 비슷한 마음일 것이다.

다카다 상은 백제관으로 가고 나는 미카도신사로 오르는 계단 앞에 섰다. 매미 소리만 귀가 따갑게 울린다. 이곳 남향촌은 백제가 멸망한 후 일본으로 건너온 백제 왕족 정가왕이 정착해서 살았다는 전설이 전해 내려오는 마을로 그를 신으로 모신 미카도신사가 있다. 신사

오른쪽에는 정가왕의 유물인 청동거울, 칼 같은 유물을 관리하고 전시하기 위해 일본 황실의 유물 보관소인 정창원(正倉院, 쇼소인)을 본떠 지은 서정창원(西の正倉院, 니시노쇼소인)이 있고 그 아래에 부여의 옛 객사를 본떠 지은 백제관이 있어서 백제 문화를 엿볼 수 있다. 마을 뒤 '연인의 언덕'이라 불리는 언덕에는 부여 낙화암의 백화정을 재현해 지은 정자가 있다. 백제인들이 부여를 바라보았다는 그 언덕에는 한국에서 가져온 '인연의 종'이 있고 그 종을 울리면 인연이 맺어진다는 전설이 있다.

제일 관심이 가는 것은 해마다 음력 12월에 열리는 시와스마쓰리(시와스축제)이다. 이 축제는 1,300여 년이나 이어지고 있으며 1991년에 무형민속문화재로 지정되었다. 시와스마쓰리는 이곳에서 90킬로 떨어진 히키신사에 모셔진 아들 복지왕이 미카도신사에 있는 아버지 정가왕을 만나러 오는 의식을 재현하는 축제로 먼 거리를 걸어오기 때문에 열흘간 행해지던 축제이다. 60여 년 전까지는 도보로 행해졌는데 요즘은 자동차를 이용해서 2박 3일간 열린다고 한다. 남향촌과 히키의 지역 주민이 참여해서 불꽃놀이와 전통 가무를 추며 백제왕을 추모한다. 축제가 끝나고 두 마을이 '오사라바(안녕이라는 의미)'하고 인사를 나누며 내년에 다시 만날 것을 기약한다.

계단을 오른다. 계단을 올라가면 정면에 미카도신사로 오르는 계단이 있고 오른쪽에는 서정창원이, 아래에는 백제관이 있다. 세 곳이 나란히

붙어 있다.

계단을 올라 본전 앞에 섰다. 미카도신사 본전 건축에는 중세적 기법과 요소가 남아 있으면서도 근세의 기법도 갖추고 있어서 규슈 남부 본전 건축의 발전상을 알기 위한 중요한 건축물이라고 한다. 무슨 행사라도 있었던 걸까. 본전 안 신등에는 불도 밝혀져 있고 접이식 의자도 스무 개 정도 가지런히 놓여 있다. 바닥에 놓인 선풍기가 바람에 혼자 돌고 있다. 경내에 있는 안내문을 읽었다.

'이 신사는 718년에 창건되었는데 본전에는 평성경 발굴에서 확인된 기술이 사용되고 있으며 나라(奈良)의 정창원에 있는 것과 동일한 청동거울을 포함한 유물이 발견되는 등 고대사의 수수께끼와 로망이 감도는 남향촌을 대표하는 존재이다. 이곳에서 모시고 있는 정가왕은 663년에 멸망한 조선반도의 고대국가 백제에서 망명한 왕족으로 여겨진다. 기조초 히키신사에 모셔진 아들 복지왕과 만나는 시와 스마쓰리를 비롯해 미카도신사는 백제왕 전설의 무대로 1300년의 세월을 뛰어넘는 신비를 전하고 있다.'

안내문에서 백제 멸망을 663년이라 한 것은 백제부흥군과 왜의 지원군이 나당연합군에게 패배한 663년 백촌강 전투를 기준으로 한 것이다. 그러고 보니 대학원 한일교류사 수업 때 관심 있게 들었던 백촌강 전투가 생각난다. 당, 왜, 백제, 신라가 엉켜 싸운 한반도에서 벌어진

국제전이라며 열정적으로 강의하시던 교수님 모습도 떠오른다.

신사 마당에 다른 신사에는 흔치 않은 조롱박 에마가 있다. 이것도 안내문이 해결해 줄 것이다. 설명을 계속 읽어나간다.

'미카도 신사와 인연이 있는 한국은 고대 왕조의 시조가 박과 같이 큰 알에서 태어났다는 전설이 있고 일본에서도 박은 신령하고 재난을 피하는 부적의 의미가 있는 만큼 그런 신성한 힘을 빌려 소원을 빈다. 또 미카도신사에서는 뿔뿔이 흩어진 백제왕의 자손이 1년에 한 번 다시 만나는 시와스마쓰리가 행해지고 있으며 그 영향으로 재회를 비는 데에도 효험이 있다.'

구구절절 좋은 내용이다. 조롱박 에마를 보며 내게도 재회를 빌고 싶은 사람이 있는지 잠시 생각했다.

미카도신사를 나왔다. 스무 개 남짓한 계단을 내려오면 작은 공터가 있고 안쪽에 서정창원과 백제관 공통입장권을 파는 휴게소 겸 매표소가 있다. 510엔을 내고 공통권을 샀다. 매표소 직원에게 연인의 언덕이 어디쯤 있는지 물어보았다. 차로 5분 정도 가서 언덕을 올라가면 있다고 한다. 역시나 연인의 언덕에 가기는 무리이다. 언제 갈 수 있을지 모르겠다.

백제왕이 전설, 마쓰리는 말한다

서정창원으로 들어선다. 미카도신사에 보관되어 있던 백제왕의 유품 중에 나라(奈良)의 정창원에 있는 황실 소장품과 동일한 당화육화경이 있던 것이 계기가 되어 서정창원이 지어졌다는 설명이 있다. 또 외부로 유출이 금지되어 있던 정창원 원도를 토대로 충실히 재현한 귀중한 건축물이라는 설명도 붙어 있다. 겉모습은 나라에 있는 정창원과 같은 모습이다.

나라에 있는 정창원은 건물 외관만 공개할 뿐 내부에 들어갈 수는 없다. 정창원의 유물은 매년 가을에 나라(奈良)국립박물관에서 열리는 특별전에서 일부만이 공개되는데 그 시기에 정창원의 외관도 공개된다.

들어갈 때 막 나오고 있는 관광객이 두 명 있었을 뿐 이번에도 나 혼자다. 내부에는 건축물 자체에 대한 설명과 전시를 해 놓은 중앙을 기준으로 양옆에 미카도신사 소장 유물과 시와스마쓰리를 설명하는 코너로 나누어져 있다. 사진 자료도 풍부하고 설명도 꼼꼼하다. 다만 일본어 설명은 아주 상세한데 한글 설명은 간단한 요약 정도이다.

662년 왜의 사이메이천황은 백제를 위해 군선과 3만 명에 가까운 원군을 보내지만 백제는 백촌강전투에서 나당연합군에게 패한 후 완전히 멸망한다. 남향촌의 전설은 1,300여 년 전 지금의 나라 지역에 망명한 백제 왕족이 동란을 피하여 북규슈로 오다가 폭풍우를 만나 지금의 미야자키 현의 두 해안에 표착하여 남향촌과 기조초에 살았다고 전해지는 이야기에서 출발한다.

일본어 설명을 더 읽어보니 복지왕, 정가왕에 대한 역사 기록은 찾을 수 없지만 672년 일본에서 일어난 백제계와 신라계 귀화인이 복잡하게 얽힌 '임신의 난'과 관련이 있는 것 같다는 언급이 있다. 이 말이 사실이라면 왜 이 먼 미야자키 내륙까지 정가왕 일행이 흘러들어 왔는지 이야기의 아귀가 맞는다.

중앙에 있는 서정창원 건물에 대한 설명을 읽고 미카도신사 소장품 전시실로 왔다. 들어오자마자 벽면을 가득 메운 모가 보인다. 모는 창처럼 생긴 무기인데 미카도신사에서 나온 1,006개의 모는 무기라기보다는 시와스마쓰리 때 사용되던 것으로 추정된다고 한다. 또 미카도신사에서 발견된 청동거울도 전시되어 있다. 당식경은 일본 전국에 약 300개 정도가 있는데 그중 17개가 미카도신사에 있으며 이 중에 당화육화경은 국보인 나라(奈良)의 동대사 대불대좌 밑에서 출토된 거울과 같은 문양인 점이 주목을 끌었다고 한다. 출토된 유물과 백제와의 관련성은 확실하지는 않지만 정치 무대와는 동떨어진 깊은 시골 신사에서 국보와 모양이 같은 거울이 발견된 것은 고대사의 수수께끼라 할수 있다. 이런 외진 시골 신사에서 화려한 유물이 발견된 사실로도 백제왕 전설이 그저 전설만은 아닐지도 모른다는 생각이 들었다.

맞은편의 시와스마쓰리 관으로 들어간다. 백제왕 전설의 근거로 시와스마쓰리를 들며 유물에 대한 설명과 사진 자료를 전시하고 있다. '시와스(師走)'는 음력 12월을 의미하는 말이다. 음력 12월에 시와스마쓰리가 열리기 때문에 붙은 이름이다. 친구 사토는 12월이 될 때마다 '점잖은 선생(師, 스승 사)도 뛰어다니는(走, 달릴 주) 바쁜 달 12월이 왔다'며 초겨울 인사를 하곤 한다. 12월이 되면 사토의 인사와 함께 이곳 남향촌이 떠오를 것 같다.

시와스마쓰리는 원래 열흘간 행해지던 축제이므로 첫째 날 둘째 날 등 날짜별로 행사 내용과 사진을 전시하고 있다. 미니어처로 축제 행렬을 재현한 것도 흥미로웠다.

백제관에서 백제를 기억하다

서정창원을 나와 백제관으로 향한다. 백제관은 한일 교류의 상징으로 만들어진 건물로 지붕의 기와나 바닥의 돌까지 모두 한국에서 들여왔다고 한다. 내부에는 부여에 대한 소개와 백제금동대향로 같은 백제 유물 복제품이 전시되어 있으며 일본 전국에 남아 있는 백제 문화의 흔적도 소개하고 있다. 이곳은 부여와 자매결연을 맺어 학술 교류를 하고 친선 방문단을 파견하는 등 다양하게 교류하고 있다고 한다.

백제관에 들어가려는데 다카다 상이 도로 쪽 계단에 앉아 있다. 눈이

마주치자 알 듯 모를 듯 웃는다. 많은 시간을 들여 여기까지 왔는데 애매한 미소가 조금 걱정스럽다.

백제관에 들어갔다. 내부는 아담했다. 부여에 있는 연못 궁남지를 찍은 대형 사진이 한쪽 벽면을 채우고 있다. 낡은 선풍기 앞에 혼자 앉아 있던 관리인 아저씨가 화들짝 반가워한다. 자신도 부여에 가 봤다며 궁남지의 아름다움과 김종필 씨가 총리 시절 썼다는 현판이며 백제관을 만든 재료에 대한 설명까지 줄줄 이어진다. 2000년대 초까지는 관광객이 많았는데 요즘은 상당히 줄었지만 그래도 끊이지는 않는다고 한다. 오늘 내가 본 관광객은 나를 포함해서 네 명이다.

좀 전에 서정창원 들어갈 때 만난 두 사람이 백제관에 들어섰다. 아저씨가 얼른 나를 그 두 사람에게 소개한다. 관광객을 서로 소개하다니 도시에서라면 생각할 수도 없는 상황이다. 한국에서 온 사람이라며 내 소개를 하고 두 사람도 반갑게 인사를 한다. 이 시골까지 온 이상에야 한국에 대한 관심이 지대한 사람들이겠다. 역시 눈빛도 표정도 우호적이다.

맞은편 전시장으로 갔다. 이곳에는 한국의 전통 복장과 일본에 영향을 미친 백제 문화나 그와 관련된 사진 전시물로 구성되어 있다. 관심이 많은 분야라서 자세히 살펴보았다. 흔히 쌍둥이 같이 닮았다고 하는 한국의 금동미륵반가사유상과 교토 광륭사(廣隆寺, 고류지)의 목조 미륵반가사유상을 사진으로 비교해 놓았다. 그윽한 눈매며 손끝까지

형제처럼 닮았다. 서울의 국립중앙박물관에서, 교토의 광륭사에서, 두 작품 앞에 섰을 때의 감동이 생생하다. 혼이 담긴 작품이 주는 여운은 깊고 진하다.

다른 한쪽에서는 한복과 한국 음식을 전시해 놓고 한국의 의생활과 식생활을 소개하고 있다. 한복 여러 벌이 옷걸이에 걸려 있다. 하지만 제대로 활용되고 있는지 아쉬움이 남는다. 특히 빨간 치마에 노란 색 동저고리 한복은 때가 타고 낡아 보여서 마음이 좋지 않았다.

한 시간 만에 세 군데를 모두 보았다. 천천히 둘러보고 싶었지만 버스 시간에 맞추기 위해 정말이지 정신없이 보았다. 오래전부터 오고 싶던 곳이고 기대하던 곳이라 한 글자도 안 놓치고 설명을 읽느라 무척 집중했다. 하지만 시간이 턱없이 부족하다. 서정창원 하나만 제대로 본다고 해도 한 시간으로 부족하다. 대중교통으로 오는 관광객이 있다면 그들이 한 시간 만에 세 군데를 다 보고 과연 어떤 형태의 감동을 받을지 의문이 생긴다. 체재 시간 1시간 10분이라는 대중교통의 한계를 느낀다. 가벼운 소풍 기분으로 오거나 지나가다 들른 관광객들에게 백제 마을의 매력을 느끼게 하고 그것을 한국에 대한 관심으로 이어가기에는 부족함이 느껴진다.

백제관을 나와 버스 정류장으로 가기 위해 계단을 내려왔다. 계단에 앉아 있던 다카다 상과 눈이 마주쳤다. 둘 다 '하하' 소리 내어 웃었다. 다카다 상이 묻는다.

"실망했죠?"

"다카다 상도 기대하셨는데……."

"하하, 기대가 컸는데 좀 그러네요."

꼭 내가 초대한 것처럼 미안하다. 휴가시 역에서 여기 오는 버스를 기다릴 때도 기대하는 표정이었다.

길 건너 편의점에서 아이스커피를 두 잔 샀다. 버스 정류장에 서서 다카다 상과 마셨다. 다카다 상이 작은 봉지를 내민다. 금귤 조림이다. 휴가시의 특산물인데 150엔짜리니까 부담 가지지 말라고 웃으신다. 기분 좋게 금귤 조림을 받았다.

짧은 시간, 빛나는 사람들

이곳에 올 때 중간에서 타서 같이 온 할아버지 한 분이 정류장에 계신다. 눈인사를 나누었다. 잠시 후 아주머니 한 분이 오셨다. 다카다 상이 빈 컵을 들고 한 시간 반을 가는 것도 피곤한 일이라며 내 컵을 받아 편의점 쓰레기통에 넣고 오자 바로 버스가 왔다. 손님은 모두 네 명. 그중 여기 올 때 탄 세 사람이 다시 같은 버스를 탔다. 버스 시간이 그러니 어쩔 수 없다. 관광이든 볼일이든 여기에 내려 1시간 10분 만에 용무를 마치고 다시 마지막 버스를 타야 한다.

그중 한 분, 도모코 아주머니는 성격도 좋고 사투리 섞인 말씨도

서글서글 정답다. 아주머니는 아예 의자에서 몸을 돌려 중간을 향했다. 마을버스같이 작은 버스에 승객 넷이 왼쪽에 둘, 오른쪽에 둘씩 앉아 아주머니를 따라 서로 중앙을 향하니 영락없이 수다 떨기 좋은 마을 우물가 같다.

예전에 미야자키에서 코티지히무카라는 콘도에 묵은 적이 있었다. 한자로 휴가(日向)와 같은 한자 '日向'을 썼던 게 기억나서 물어보았다.

"휴가(日向)를 부르는 다른 이름도 있나요?"

"휴가는 히무카라고도 하죠." 다카다 상이 말했다.

"히나타라고 하기도 해요." 아주머니 말이다.

"하루가라고도 하잖아."

세 분 다 이 지역이 고향이라 한자 지명 하나 가지고도 이야기가 끊이지 않는다. 다카다 상은 좀 전까지는 쓰지 않던 사투리까지 나온다. 50년 이상 도쿄에서 살았으니 고향 사투리를 잊을 만도 하지만 고향 사람들과의 이야기가 무척이나 즐거운가 보다.

보쿠스이의 모교도 지난다. 그러고 보니 보쿠스이의 작품에도 '봄의 히나타(春の日向)' 라는 시가 있다. 아주머니도 그 학교를 나왔다며 지금은 재학생도 몇 명 없는데 보쿠스이가 나온 모교라서 없어지지 않고 그대로 남아 있다고 하신다.

"그럼 엄청 오래된 학교네요. 보쿠스이, 메이지 때 사람 아니에요?"

다카다 상이 얼른 휴대폰으로 검색한다.

"1885년생이니 메이지 때 태어났네요. 그나저나 오래된 학교네요"

버스 기사 아저씨가 황급히 대화에 끼어든다.

"지금 보쿠스이 문학관 지나요. 바로 오른쪽이요!"

목소리가 다급하다. 우리 넷은 일제히 오른쪽으로 고개를 돌려 문학관을 확인한다. 버스 속도가 슬며시 줄어든다. 문학관 외부 모습이라도 보도록 배려해 주는 것이다. 네 명의 대화가 즐거워 보였나 보다. 1시간 20분은 긴 시간이다. 그동안 넷 중 누군가는 반드시 이야기를 하고 있어서 쉴 새 없이 즐거운 대화가 이어진다. 간혹 중간에 타는 사람도 있었지만 서너 정거장 뒤에 내리곤 했다. 그때마다 세 분 모두 당연한 듯이 내리는 사람에게 인사를 한다. 내리는 사람도 매일 보는 사람처럼 예사롭게 인사를 나눈다. 시골이어서 남아 있는 인심이기도 하겠지만 지금 함께 있는 이 세 분은 유난히 정이 많은 것 같다.

다로 할아버지는 이 부근에서 태어나 마흔 살 때부터 남향촌에 살고 있는 분으로 외부인에게 호의를 가지고 있었다. 다시 예전처럼 남향촌에 관광객들이 많아졌으면 좋겠다고 아쉬워한다. 고향 동네에서 오늘 밤에 마을 축제를 하는데 손자를 데리고 축제에 가신다고 한다. 손자에게 한국에서 온 관광객과 얘기 나눈 걸 자랑하겠다고 환하게 웃는다.

다카다 상은 저녁에 초등학교 동창 바보 여섯이 만난다고 한다. '바보 여섯'이라는 말에 친구들에 대한 애정이 묻어난다. 한 동네에서 네다섯 살 때 친구가 되었다고 하니 칠십 년 지기다. 칠십 년 된 우정은 어떤 모습일까? 오래된 포도주 향이 날 것 같다. 다카다 상은 버블기 때 도쿄에서 컴퓨터 관련 영업을 했다고 한다. 자신은 버블기의 온갖 영화를 누렸지만 이제 일본에 그런 시절은 영원히 오지 않을 거라며 웃었다. 40년간 영업 일을 한 분답게 나이보다 젊어 보이고 유쾌했다.

도모코 아주머니는 남향촌에 있는 친정집에 왔다가 돌아가는 길이라 한다. 남향촌에서 나고 자랐고 지금은 휴가시에서 조금 떨어진 쓰노초(都農町)에 산다고 한다.

종점 휴가시 역에서 넷이 버스를 내렸다. 승객 수가 이 정도라면 배차 간격을 늘릴 수도 없을 것 같다. 이곳 상황을 보고 우리나라의 급속한 노령화와 농어촌의 현격한 인구 감소를 떠올린다. 두 나라가 같이 안고 있는 문제이다. 그나저나 백제 마을이라는 명맥이 언제까지 유지될지 남향촌의 미래가 걱정된다. 하루빨리 관광객을 부르기 위한 좋은 방안이 생기기를 바란다.

앞으로 나아가기 위해서

다카다 상이 시간이 괜찮으면 함께 차를 마시자고 한다. 휴가시에 올 때마다 가는 찻집이 역 근처에 있다고 버스를 함께 탄 것도 인연이니 같이 가자고 한다. 한 시간 반 동안 의기투합한 우리, 다들 한 시간 정도는 괜찮다는 표정이다. 휴가시 역을 나와 50미터 정도 걷다가 오른쪽에 있는 '바케이로'에 들어간다.

가게는 진한 갈색으로 꾸며져 있어서 차분하다. 작은 마을이라 그런지 손님은 두 명뿐이다. 낮에는 찻집이지만 밤이면 바(bar)로 변신한다고 한다. 밖에는 늦더위가 한창인데 가게는 가을에 가깝다. 잠시 가을에 빠져도 되겠다.

젊은 남성 두 명이 손님도 맞고 음식도 만든다. 그러고 보니 아직 점심을 안 먹었다. 각자 주문하기로 하고 도모코 아주머니와 나는 커피와 샌드위치를 주문했다. 시나몬 향이 배어 있는 샌드위치는 촉촉하다. 생크림은 부드럽고 커피는 산미가 강해서 입에 꼭 맞는다.

이런저런 이야기를 나누었다. 한국을 좋아한다는 공통점이 있다 보니 하는 이야기마다 즐겁다. 다른 분들도 그런 것 같다. 네 사람의 나이를 모두 합치면 250살은 가볍게 넘는다. 모두 호기심에 가득 차서 아이처럼 눈이 반짝인다. 250살배기 고목나무 같은 아이들이다.

다로 할아버지가 다카다 상에게 왜 혼자 여행을 다니느냐고 물었다. 다카다 상의 이야기가 시작된다. 부인은 6년 전에 세상을 떠났다고 한다. 독신인 자녀와 함께 살고 있으며 매일 부인 몫까지 밥을 해서 부인에게 올리는 게 습관이 되었다고 한다. 그래서 지금 같이 집을 떠나 있을 때는 부인이 굶을까 봐 신경이 쓰인다고 했다. 부모님이 돌아가셨을 때는 밥한 끼 못 올렸는데 부인에게 올릴 밥을 짓는 자신을 보며 부모님께 죄송하다는 마음도 들고 부부라는 인연에 대해 많은 생각을 한다고 했다.

지금도 "앞으로 나아가기 위해 6년째 부인을 잊어가고 있는 중"이라 한다. 1939년생이라 했으니 77세인데 '앞으로 나아가기 위해서' 라는 말이 뭉클하다. 나이가 들었으니 모두 내려놓는다, 포기한다가 아니라 '앞으로 나아가기 위해서' 이다. 인생의 존엄과 나이의 품위를 지키는 분이라는 생각이 든다. 난 금방 포기하지 않는가? 늦었다고 쉽게 좌절하지 않는가? 다카다 상의 말을 듣고 나니 왠지 기운이 난다.

눈물까지 맺혀서 다카다 상의 이야기에 빠져 있던 도모코 아주머니가 화제를 돌리려는 듯 내게 일본에서 어디가 제일 좋았는지 물었고 이야기는 다시 여행으로 음식으로 흐른다. 세 분 다 한국 여행을 두세 번 정도 했고 앞으로도 가고 싶은 곳이라 여행 이야기는 끝이 없었다.

다로 할아버지 고향은 이 근처에 있는 호소시마라고 한다. 오늘 밤, 마을 축제에서는 규모는 작지만 불꽃도 쏘아 올린다고 다 같이 불꽃놀이를 보자고 하신다. 올 때는 장남 차로 역까지 데려다준다고 한다. 하지만 아주머니는 댁으로, 다카다 상은 초등 동창들을 만나러, 나는 미야자키로 가서 벳푸까지 올라갈 생각이다. 무리하지 않고 여기서 헤어지는 것이 옳다. 서너 시간을 함께한 인연을 네 사람이 좋은 기억으로 나누어 간직하기로 했다. 우리는 아쉬운 표정을 숨기지 않은 채 서로 인사하고 또 인사하고, 웃고 또 웃으며 헤어졌다.

작은 인연이 희망의 끈으로

미야자키행 기차를 탔다. 시트 깊숙이 몸을 기댄다. 강 위로 하얀 낮 달이 떠 있다. 오늘 만난 사람들을 떠올린다. 식사하다 말고 뛰어와서 열심히 설명해 준 관광안내소 할아버지, 인생의 존엄을 일깨워 준 다 카다 상, 성격 좋은 도모코 아주머니, 정이 넘치는 다로 할아버지, 모 두 한국에 우호적이고 더 알고 싶어 했다.

다만 남향촌은 아쉬움이 있다. 마을 합병으로 남향촌에 대한 관심 이 줄었는지 관광지로서의 매력이 떨어져서 포기하고 있는지는 모르겠 지만 오가는 길의 아름다운 풍경이나 백제마을이 가진 것을 반도 보여 주지 못하는 상황이 안타까웠다.

시와스마쓰리 때 다시 오고 싶다. 그때는 택시 타기를 감수해야 할 것이다. 하지만 남향촌 부근에 산다는 것만으로, 남향촌과 인연이 있 다는 것만으로 한국에서 온 나를 기꺼이 반기고 차를 마시자고 붙잡고 따뜻하게 배웅하는 사람들과의 만남은 새로운 '끈'을 보는 듯하다.

1,300여 년 전, 말도 풍습도 다른 이국 사람들을 받아들인 남향촌 사람들의 정과, 그 뜻을 이어 백제마을을 탄생시킨 후손들의 마음은 두 나라가 만들어 가야 할 미래의 모습일 것이다. 가까워지는 계기는 작고 사소한 데서 시작된다. 우리 한 사람 한 사람이 만나는 작은 인연 이 두 나라의 희망의 '끈'이 되길 기원한다.

오늘 밤 간식은 다카다 상이 준 금귤 조림이다.

う

さ

USA
宇 佐
（大分県宇佐市）

やしき
IYASHIKI

八幡
総本宮
宇佐神宮

ぶぜん
BUZEN

일곱째 날- 히메시마, 그녀를 만나다
(히메시마 섬- 오이타 현)

우사의 아침 풍경

아침 일찍 벳푸 역을 출발해서 우사로 향한다. 우사에서 이미 항까지 버스로 이동해서 거기서 다시 페리를 타고 히메시마라는 작은 섬에 가려고 한다.

히메시마는 오이타 현 북동부의 구니사키에서 북쪽으로 5킬로 정도 떨어진 세토내해 서쪽 끝에 있는 작은 섬이다. 동서 6.6킬로, 남북 2.6 킬로, 둘레 17킬로, 총면적 약 7제곱킬로미터의 섬으로 우리말로 하면 '공주 섬'이다. 이 외진 섬에 고대 한반도에서 건너온 여성을 신으로 모시는 신사가 있다. 히메시마는 《고사기(古事記)》와 함께 일본에서 가장 오래된 역사서로 불리는 《일본서기(日本書紀)》에도 기록되어 있다. 자료도 거의 없고 연대나 인물도 확실하지 않지만 공주의 전설은 가슴을 뛰게 한다.

우사 역에 도착했다. 얼핏 미국 국기와 비슷하게 만들어 놓은 역 표지판이 재미있다. 눈에 들어오는 풍경은 영락없는 시골 역인데 USA라는 글자만 둥둥 떠다닌다. 습관은 무섭다. '우사'라고 읽지 않고 '유에스에이'라고 읽어 버린다.

역을 나오자 좁은 역 광장에 운동복 차림의 남성들이 가득하다. 등산을 가나 보다. 옆에 있던 아저씨에게 "근처에 유명한 산이 있나 봐요?" 물어보니

"유명한 산이요? 잘 모르겠는데요." 하더니 옆 사람에게 "여기 유명한 산 있던가?" 묻는다.

"다들 등산 가시는 거 같아서요. 유명한 산이 있나 하고요."

"아, 등산이 아니고 걷기 동호회예요. 조금 있다가 8시 반에 출발해서 12시간 안에 벳푸에 도착하는 걸 목표로 걸을 거예요."

어쩐지 등산 복장치고는 지나치게 가볍다. 반바지에 작은 배낭을 멘 가벼운 차림이 많다. 서른 명 남짓한 사람들 중에 여성도 세 명 정도 보인다. 우사 역에서 벳푸까지 약 40킬로를 걷는다고 한다. 부러운 체력이다.

오래전 시마바라에 갔을 때가 떠오른다. 그날이 마침 마을 걷기대회 날이어서 역 앞에서 워킹 코스를 복사한 종이를 나눠주고 있었다. 시마바라 성에 가는 걸 빼고는 별일도 없는 한가한 여행자라 종이를 받아들고 빨간 노끈이 묶여 있는 시골길을 따라 걸었다. 가족과 걷는 사람도 많았고 나처럼 혼자 걷는 사람도 있었다. 길옆을 흐르는 작은 도랑에 손을 담그기도 하고 야무지게 낟알을 품은 벼 이삭을 쓰다듬기도 하면서 가을 속을 걸었다. 40킬로 같이 엄청난 거리가 아니라 4킬로도 안 되는 동네 길이었다. 제주올레도 규슈올레도 생기기 전의 일이다. 그 기억이 좋아서 가을이면 시마바라, 그 작은 마을이 가끔 떠오른다.

리더로 보이는 사람이 한동안 편의점도 없으니 20분 정도 걷다가 편의점이 나오면 미리 음료나 먹을 걸 사 두라는 주의사항을 전한다. 저녁 8시 반을 목표로 열심히 하자는 파이팅을 외치고 우르르 출발했다.

나도 마음으로 응원을 보내고 역 맞은편에 있는 버스 정류장으로 간다. 남자아이와 젊은 엄마 그리고 나 셋이 서 있다. 장난을 치고 싶은 건지 남자아이가 내 앞을 왔다 갔다 한다.

"몇 살이야?"

"씩씩한 어린이는 이름이 뭐니?" "어디 가는 거야?"

기다렸다는 듯이 큰소리로 대답한다.

"다섯 살"

"유타!"

"할머니네 가, 오사카."

"이거 내 거야."

눈앞에다 게임기를 흔든다. 아하, 게임기 자랑을 하고 싶은 것이다. 우사 역에서 만난 유타. 정말 붙임성이 좋은 아이였다. 사탕을 쥐여 주니 얼른 엄마에게 달려가 나눠주고는 다시 폴짝거리며 뛰어온다. 오이타공항행 버스가 왔다. 유타는 버스에서도 오랫동안 단풍잎 같은 손을 흔든다.

그녀를 만나러 가는 길

잠시 후 이미 항(伊美港)으로 가는 버스가 왔다. 우사 역에서 31킬로 떨어져 있는 이미 항까지는 버스로 한 시간 정도 걸린다. 승객은 아저씨 한 분뿐이다.

말이 필요 없는 시골이다. 버스는 드문드문 떨어져 있는 마을에 전부 들를 생각인지 꼬불거리며 마을을 누빈다. 낯선 동네를 돌아다니는 기분도 특별하다. 정류장에서도 타는 사람은 없다. 그래도 몇 초씩이라도 섰다가 출발하고 다시 서기를 반복한다.

버스를 탄 지 30분 정도 지나면 왼쪽으로 바다가 보이기 시작한다.

지나는 바닷가마다 작은 마을을 품었다. 집 몇 채가 옹기종기 모여서 다정하다.

아름다운 석양 백선(百選)에 들어가는 해변도 지난다. 저녁놀이 질 때면 그림같이 아름답겠다.

운전석 위의 요금판에 정류장 이름이 바뀌는 걸 보면서 지나는 동네 이름을 되뇌어 본다. 다케다쓰 같이 마을 이름에 쓰(津)가 붙은 이름이 많다. 바닷가 마을 이름의 특징이다. 어업협동조합도 지난다. 점점 바다에 가까워진다.

오는 동안 작은 터널을 수없이 지난다. 그만큼 산이 많다는 이야기다. 좁은 2차선 터널은 말할 것도 없고 1차선 터널도 많다. 터널을 빠져나오면 길옆에 바짝 붙어서 기다리던 차가 들어가는 식이다. 성격 급한 사람은 이 동네에서 절대로 운전하면 안 될 것 같다.

이미 항이 가까워지면 오른쪽으로 바다가 보인다. 작은 어촌을 지난다. 버스가 승객을 기다리기도 한다. 대략 두 시간에 한 대씩이니 놓치면 큰일이다.

할머니 한 분이 "미안해, 두 명 더 와요." 하니 기사는 싫은 내색도 없다. 할머니 세 분이 무릎을 짚고 나란히 버스에 오른다. 오늘 한 시간 동안 굽이굽이 돌며 마을을 몇 개쯤 지났을까?

이미 항에 도착했다. 히메시마는 이미 항에서 5킬로 정도 떨어진 섬이다. 벳푸 역에서 우사 역까지 온 후, 우사 역에서 이미 항까지 한 시간

동안 버스를 타고 와서, 히메시마로 가는 페리를 탄다. 이미 항으로 오는 버스도, 히메시마로 가는 페리도 한두 시간마다 한 번씩 있기 때문에 버스나 페리를 놓치면 나 같은 뚜벅이 여행자는 큰 낭패다. 페리나 버스 시간에 문제가 생기면 히메시마에서 우사 역까지 가는 데만 한나절이 걸릴 정도이다.

히메시마로 들어가는 페리 시간을 확인하고, 섬에서 나오는 페리 시간도 알아두고, 이미 항에서 우사 역으로 가는 버스 시간을 외워둔다. 무조건 지켜야 하는 시간이다.

9시 50분 페리 승선권을 샀다. 편도 570엔이다. 페리는 규모도 크고 깨끗했다. 승객은 대여섯 명. 페리가 출발했다. 히메시마까지는 25분 정도면 도착한다. 방파제 위에는 하얀 물새가 줄지어 앉아 있다. 반대편의 구니사키반도를 바라본다. 센도다케(千燈岳)를 비롯한 많은 봉우리가 겹쳐서 물 위에 푸르스름한 수묵화가 떠 있는 것 같다.

창문으로 선실을 들여다보니 아무도 없다. 널찍하고 깨끗해 보여서 들어가 보았다. 장기판이 놓여 있다. 겨우 25분 동안 장기를 둘 수 있으려나. 손때 묻은 장기 알을 만지작거리다 보니 벌써 도착을 알리는 선내 방송이 나온다. 밖으로 나왔다. 동서로 기다란 섬이 눈앞에 있다. 바닷물은 속이 보이게 맑다. 해파리가 유유히 흐르듯 헤엄친다. 바닷속에 있는 해파리는 처음 본다. 아담한 2층짜리 히메시마 항 터미널이 보인다. 새초롬한 색시같이 얌전한 모습이다.

공주 섬 히메시마

히메시마에 도착했다. 맑은 바다, 조용하고 깨끗한 항구, 배에서 내려 항구를 나가는 섬사람 특유의 무뚝뚝한 표정까지 모든 것이 마음에 든다.

항구 맞은편에 버스 정류장이 있다. 대략 한 시간 반에 한 대씩 하루 총 6편의 버스가 있다. 버스를 기다리다가는 돌아가는 페리나 우사역까지 가는 버스 시간 모두 늦어질 것 같다. 여기서 한 번은 택시를 타야 할 것 같다. 택시를 타고 가서 올 때는 버스 시간에 맞추면 되겠다. 같이 내린 사람들이 대여섯 명은 되는데 다들 어디로 간 걸까? 항구 앞이 휑하다. 자판기에 음료를 채우는 청년이 보인다. 다가가서 택시 타는 곳을 물었다.

"여긴 택시 같은 거 없는데요?" 볕에 그을린 얼굴로 당연한 듯이 말한다. 택시가 없다고?! 생각지도 않은 난관이다. 아무리 작은 섬이어도 택시 한두 대는 있을 줄 알았다. 청년 뒤로 관광렌터카라고 쓰여 있는 간판이 서너 개 보인다. 뭔가 방법이 없을까? 왼쪽에 있는 렌터카 사무실 앞에 섰다. 입구에 '차, 주먹밥, 고구마'라고 쓴 메뉴가 붙어 있다. 작은 매점도 겸하고 있나 보다. 차림표가 소박하기도 하다.

들어와 보니 렌터싸이클과 렌터카를 대여하는 사무실이다. 아주머니가 레고를 조립하다가 맞아준다. 렌터카는 2,000엔부터, 자전거는 한 시간에 200엔, 두 시간째부터는 시간당 100엔이다. 자전거는 나와 관계없는 선택지이다. 나는 자전거를 못 탄다. 다행히 대부분이 가진 자전거에 얽힌 추억은 있다. 겁이 많고 운동 신경이 둔해서 중학교 3학년이 되어서야 학교 운동장에서 아버지에게 자전거를 배웠다.

"손 놓지 마세요, 꽉 잡아야 해요."

"걱정 말고 달려보기나 해."

"앗! 손 놨잖아요!! 어엇!!" 콰당! 하던 추억 하나는 가졌다. 해 질 무렵 운동장에서 넘어진 그 추억으로 끝이다. 하지만 자전거에 대한 미련은 있어서 더 나이 들면 보조바퀴라도 달고 바람을 가르며 타 보고 싶다. 어찌 되었건 자전거를 타면 완전히 혼자라는 두려움이 아직 남아 있는 것 같다. 역시 자전거는 무리다. 남은 건 렌터카이다.

렌터카는 자전거보다 타기 쉽다고 길 건너에 세워져 있는 차를 보여 준다. 앙증맞은 2인승 전기자동차이다. 조작도 간단하고 지나다니는 차가 거의 없어서 운전하기 편하다고 한다.

'지나다니는 차가 없다고? 그럼 한번 타 볼까?'

타려고 마음먹는 데만 한참이나 고민을 했는데 막상 탈 용기를 내니 국제운전면허증이 필요하다. 생각하면 당연하다. 예전에 미야자키의 센멧세 니치난 공원에 갔을 때 원내를 다니는 카트를 타는데도 국제운전면허증이 필요했다. 아무리 속도가 느리고 차가 없는 섬이라 해도 도로를 달리는데, 면허증이 필요 없을 리가 없다.

모든 건 수긍이 간다. 문제는 내가 움직일 발이 없다는 것이다. 5.5 킬로 정도 떨어진 히메코소샤 신사까지 갈 택시는 없고, 면허증이 필요 없는 자전거는 탈 수 없으며, 운전은 할 수 있으나 국제운전면허증이 없다. 걸어서 다녀오기는 내 체력이나 시간상으로도 무리이다. 위기다. 이곳에 있는 히메코소샤에 가기 위해 아침 7시에 호텔을 나와 열차로 우사 역까지 와서, 버스로 한 시간을 달려와서, 다시 페리를 타고 여기까지 왔는데 마지막으로 남은 5.5킬로를 갈 방법이 없다.

난처한 표정을 짓고 있는데 다른 아주머니가 들어오신다. 가게 매니저인 듯 보인다. 면허증이 없어서 탈 수 없다고 하니 아주머니 두 분이 나보다 더 걱정이 늘어졌다. 자기 일처럼 울상이다. 처음에 나를 맞은 아주머니가 "괜찮으시면 카트라도 타실래요?" 묻는다. 귀가 번쩍 뜨인다.

"그건 면허증 없어도 되나요?"

"제가 운전할게요. 시속 20킬로 정도라 빨리 달릴 수는 없지만요. 타실래요?"

하늘이 내린 동아줄이다. 달리 방법이 없다. 면허증이 없는 손님이니 방법이 없다고 하면 그만이지만 태워다 준다니 고마울 뿐이다. 다만 카트를 탄 후에 시승 느낌에 대한 설문지를 작성하는 조건이 있다. 매니저 아주머니도 "그래, 그 방법이 있었네. 다녀와요, 다녀와." 하신다. 아주머니는 카트를 가지러 가고 매니저 아주머니도 다시 나갔다. 난생처음 보는 내게 사무실을 통째로 맡기고 두 분 다 나가 버렸다. 잠깐 사이에 섬 주민이 된 기분이다. 배에서 내릴 때 이어 벌써 두 번째로 히메시마가 마음에 든다.

사무실 구석에 앉는다. 왼쪽에는 업무와 주방을 겸하는 작은 공간이 있고 오른쪽으로는 테이블이 두 개 놓여 있다. 이 테이블에 앉아 창 너머 바다를 바라보면서 여기서 파는 차, 주먹밥, 고구마, 어느 걸 먹어도 맛있겠다.

천장에는 왕나비 모빌이 춤추듯 흔들린다. 왕나비는 5월에 모래지치 꽃의 꿀을 찾아 한 차례 히메시마에 날아들고 10월 중순쯤에 등골나물 꽃을 찾아 또 한 차례 날아오기 때문에 히메시마는 왕나비로 대표되는 섬이기도 하다. 공주 섬에 한 해에 두 번 찾아오는 왕나비라, 섬에 어울리는 손님이다. 왕나비는 한국, 일본, 중국 등지에 널리 분포하는 종으로 날개를 펴면 길이가 10센티 가까이 되기 때문에 붙은 이름이다.

느리게 달리기

잠시 후 아주머니가 나오라고 한다. 나가보니 정말로 카트가 서 있다. 도로에서 골프장 카트를 타다니 이런 경험도 흔치 않을 것이다.

운전해 주시는 분은 아카이시 상. 대학을 졸업한 아들과 자동차 학교에 다니고 있는 막내아들이 있다고 하니 나보다 나이가 위일 것이다.

처음에 사무실에 들어갔을 때 레고를 조립하고 있던 분으로 렌터카 사무실의 직원이다.

카트가 출발했다. 최대 시속은 대략 20킬로로. 아카이시 상은 느려서 미안하다고 했지만 느린 바다, 느린 하늘, 느린 웃음, 느린 파도…… 느린 대신에 얻는 덤은 과분할 만큼 많았다. 오가는 동안 많은 이야기를 나누었다. 유명한 한국 드라마나 몇몇 배우 이름을 알고 있었다. 이 작은 섬까지 밀고 들어온 한류라니 굉장하다.

이 섬에도 한때 택시가 있었지만 영업 부진으로 곧 문을 닫았다고 한다. 섬 인구는 2,000명 정도로 세대수가 약 900세대라고 하니 결국 한 집에 평균 두 명이 살고 있는 셈이다. 일 년에 섬에서 태어나는 아이가 서너 명이라는 아주머니 말이 이해가 된다. 초등학교와 중학교가 하나씩 있고 고등학교부터는 육지에 있는 학교로 다녀야 한다고 한다. 경찰도 한 명 있다고 한다. 구니사키 경찰서 지소에 경찰차 한 대와 경찰관이 한 명 있다고 한다. 섬 전체를 책임지는 그 경찰관은 어깨가 무겁겠다. 하지만 아무 일도 없을 것 같은 평화로운 섬이다.

카트는 해안선을 따라 느릿느릿 달린다. 출발한 지 얼마 되지 않아 히메시마 해수욕장을 만난다. 항구에서 800미터 정도이니 충분히 걸을 수 있는 거리이다. 모래사장이 아름다운 곡선을 그린다. 아이 몇 명이 놀고 있다. 느리게 움직이는 카트에서 햇살에 반짝이는 바다와 나비 같은 아이들을 보고 있으니 마음속에서 따뜻한 뭔가가 올라온다.

쾌히 운전을 자처한 아카이시 상에게 팬이라는 한국 배우 K에 대해 내가 아는 모든 걸 열심히 알려주는 것으로 보답을 하는 중이다. 사실 그 배우에 대해서 별로 아는 것이 없어서 미안하다. 그러다가 서로 좋아하는 두 나라의 배우 이름을 대고는 깔깔거린다. "왠지 그 배우를 좋아할 줄 알았어요." 하면서.

바다를 따라 달리는 이 길은 '히메시마 블로 로드'라고 불리는 해안 도로이다. 바람 속에 소금 냄새가 배어 있다. 바다는 잔잔하다. 물결은 생선 비늘같이 반짝인다. 이곳 특산물인 참새우 양어장도 지난다. 허리를 구부리고 그물을 손질하는 할머니도 보인다.

바다를 끼고 20여 분을 달려 히메시마 건강관리센터 건물 앞에 도착했다. 카트에서 내렸다. 아담한 단층 건물로 안에는 효시미즈 온천(拍子水温泉)이 있다. 효시미즈 온천은 고혈압이나 피부염, 신경통과 피로 회복에 효과가 있다고 한다. 건물 앞에는 소형차 두 대가 서 있다. 작은 섬이라 손님이 많지는 않은 것 같다.

산 아래에 황톳빛을 띠는 작은 연못 같은 것이 보인다. 가까이 가니 안쪽에 대야보다 좀 더 큰 샘터에서 끊임없이 거품을 일으키며 물이 솟아오르는 것이 보인다. 철분을 포함한 광천수로 효시미즈 온천수의 원탕이다. 효시미즈는 히메공주가 이를 검게 물들이고 나서(오하구로, お歯黒- 일본의 옛날 풍습으로 기혼 여성이 이를 검게 물들이는 화장법) 입을 헹굴 물이 없자 손뼉을 치고 하늘에 빌었더니 바위 사이에서

차가운 물이 솟아 나왔다고 해서 생긴 이름이다. 손을 넣어 보니 미지근하다. 25도 정도 된다고 한다. 마실 수도 있는 온천수라 작은 국자도 두 개 놓여 있다.

건강관리센터에서는 이 온천수에 온수를 더해서 41도 정도로 데워서 사용하고 있다. 효시미즈 이외에도 히메사마가 이를 검게 물들일 때 돌 위에 사기잔과 붓을 놓았더니 그 흔적이 생겼다는 시금석(金付け石, 가네쓰케이시)과 히메사마가 버드나무 이쑤시개를 쓰고 나서 땅에 거꾸로 꽂았더니 싹이 났다는 사카사 버드나무(逆柳, 사카사야나기)의 전설도 전해지고 있다.

내가 가려는 히메코쇼사(比売語曽社)는 효시미즈 온천수가 솟아 나오는 암벽에서 멀지 않다. 오른쪽 길로 들어섰다. 좁은 흙길은 깨끗하다. 때 이른 빨간 단풍잎도 보인다. 주차장에 카트를 세우고 앉아 있던 아카이시 상이 등 뒤에 대고 "거미가 많아요, 조심하세요!" 소리친다. 사람의 왕래가 적어서인지 깨끗한 길과는 달리 거미줄이 많았다. 공주에게 가는 길에 장애물이 없을 리 없다. 손으로 치우면서 히메코쇼샤로 들어간다. 하늘은 구름 한 점 없이 맑다. 공주를 만나기에 어울리는 날이다. 히메코쇼사 안내문이 보인다.

'스이닌천황(垂仁天皇) 대에 의부가라국(意富加羅國, 지금의 대한민국 남부)의

왕자 쓰누가아라시토(都怒我阿羅斯等)가 어느 날 황소에 농기구를 싣고 시골로 갔는데 소가 없어졌다. 소를 찾고 있는데 한 노인이 나타나더니 '네가 찾고 있는 소는 군공(郡公)이 잡아먹었다.'고 한다. 아라시토가 군공의 저택으로 찾아가 소를 보상해 달라고 요구했더니 군공이 하얀 돌을 주었다. 아라시토가 하얀 돌을 가지고 돌아와 침실에 두었는데 그 돌이 아름다운 여인이 되었다.

아라시토가 크게 기뻐하며 결혼을 청하자 여인은 홀연히 사라져 버렸다. 아라시토가 찾아다니자 여인은 바다 건너 일본국으로 들어와 셋쓰의 나니와를 거쳐 분고 히메시마에 이르러 히메코소의 신이 되었다 ' – 일본서기에서

이 안내문에 적힌 내용은 8세기에 만들어진 일본 최고의 정사(正史) 《일본서기》에 나오는 내용이다. 스이닌 천황은 기원전에 즉위한 제11대 천황이며 일본식 씨름이라 할 수 있는 스모도 스이닌 천황 시기에 탄생했다고 전해진다. 이 시기에 의부가라국(意富加羅國)의 왕자 쓰누가아라시토(都怒我阿羅斯等)의 청혼을 피해 이 섬으로 왔다는 비밀의 공주가 섬의 수호신이다. 군공(郡公)은 고대 관직의 하나이며 셋쓰는 옛 지방 이름으로 지금의 오사카 부(府) 북서와 효고 현의 남동부를 가리킨다. 나니와는 오사카 시(市)와 그 부근을 가리키는 옛 이름이다. 또 분고는 지금의 오이타 현을 가리키며 히메시마(姬島)는 히메코소사(比賣語曾社)에서 유래된 이름이다.

이 설화는 무엇을 의미하고 있을까? 학자들에 의하면 의부가라국은

가야를 가리키는 말이라고 한다. 전설이지만 고대에 이 작은 섬 히메시마까지 한반도 사람이 온 것이다. 여인이 일본으로 건너와 오사카 부근의 셋쓰, 나니와를 거쳐 이곳 분고에서 신이 되어 정착했다는 것은 아득한 옛날부터 한반도와 일본의 여러 지역이 교류하고 있었음을 보여준다고 생각해볼 수 있다. 고대사의 매력은 이런 수수께끼를 품고 있는데 있는지도 모른다.

그녀를 만나다

기원전 3세기에서 기원후 3세기에 걸친 야요이 시대에 한반도 도래인들이 일본으로 건너와 청동기 문명과 벼농사 짓는 법을 전해 주었다는 것은 이미 알려진 사실이다. 2000년을 넘나드는 까마득한 옛날에 해류를 이용해 배를 타고 일본까지 건너온 한반도 사람들을 생각해 본다. 장대한 모험시를 보는 것 같다. 또《일본서기》에는 신라의 왕자 천일창도 스이닌 천황 대에 일곱 가지 보물인 칼, 동경, 구슬, 웅신(곰신) 등을 가지고 일본으로 건너와 전해주었다고 기록되어 있다. 일본인의 정신을 지배하는 신도(神道)의 기원을 천일창 왕자에게 두는 주장도 있으니 고대에 한일 두 나라가 어떻게 얽혀 있었는지를 상상하는 것도, 흥미롭게 더듬어 찾아가는 것도 의미 있는 일일 것이다. 한편에서는 의부가라국(意富加羅國)의 왕자 쓰누가아라시토(都怒我阿羅斯等)와 신라 왕자 천일창을 동일 인물로 보는 시각도 있으니 고대사가 던지는 수수께끼의 실마리를 어디서부터 어떻게 풀어갈지 흥미롭다.

그 외에 《고사기》에도 히메시마에 대한 이야기가 나오는데 일본 땅의 창조신 이자나기노미코토(伊邪那岐命)와 이자나미노미코토(伊邪那美命) 두 신은 원래 오누이였지만 결혼해서 제일 먼저 일본 열도를 낳았다. 처음에 오오시마(大島)를 낳고 열두 번째에 오미나시마(女島)를 낳았다. 이 오미나시마(女島)가 히메시마(姫島)라고 한다. 이 외진 곳에 있는 작은 섬이 《고사기》와 《일본서기》에까지 나오는 섬이라니 흥미롭기 그지없다.

고대 한반도의 여성으로 이 섬의 신이 된 공주를 만나러 간다. 도리이를 지나면 본전에 가기 전에 배전이 있고 오른쪽에 자그마한 데미즈야(手水舍)가 있다. 데미즈야는 신사에 들어가기 전에 몸을 깨끗이 한다는 의미에서 물로 손과 입을 헹구는 곳이다. 돌로 만든 수반이 놓여 있고 작은 지붕이 덮여 있는데 특이하게 빨간 방울이 다섯 개 달려 있다. 양옆에는 하얀 천 두 장이 바람에 날리고 있다. 빨간 방울 다섯 개와 하얀 천, 작은 수반, 얌전한 지붕, 모든 것이 여성스럽다.

배전 뒤로 본전이 보인다. 몇 발짝을 걸어 본전을 마주하는 순간 탄성이 나온다. 규모는 작지만 여신의 품격이 느껴진다. 본전 지붕에는 물매를 두어 지붕 전면을 뒷면보다 길게 경사지게 만들어 놓았는데 그 모습이 주변 풍경과 잘 어울린다. 본전의 문은 바둑판 같은 격자문에 안쪽에 나무를 덧대어서 내부가 보이지 않는다. 모시는 신체(神体)는 하얀 돌이라고 한다. 흰 돌에서 아름다운 여인으로 변했다는 그녀는 누구였을까? 이 작은 섬이 점점 궁금해진다. 어떤 이유로 한반도에서 여기까지 건너와 신이 되었을까? 다가갈수록 점점 수수께끼만 안게 된다.

신사를 나와 아카이시 상이 기다리는 건강관리센터 앞으로 왔다. 도로를 사이에 두고 맞은편에 은빛 바다가 펼쳐져 있다. 공주는 저 바다를 건너왔을 것이다. 그녀가 모셔진 작은 신사를 다시 돌아본다.

순한 섬 히메시마

카트에 오른다. 건강관리센터 유리창으로 온천탕에 있는 사람들의 등이 희미하게 비친다. 깜짝 놀라니 아카이시 상이 큰 소리로 웃는다. 자세히 보이지는 않지만 몇 명인지 정도는 알 수 있는 투명도이다. 안 들어가길 잘했다.

카트가 출발했다. 이번에는 왼쪽으로 바다가 펼쳐진다. 반짝이는 물결에 눈을 뜨기가 힘들다. 올 때는 바다를 보느라 반대편은 보지도 않았는데 지금은 햇빛도 피할 겸 반대편을 바라본다. 오른쪽 산에 특이한 지형이 보인다. 켜켜이 쌓인 지층이 노출되어서 독특하다. 아카이시

상이 카트를 멈춰주신다. 가까이 가 보니 기와를 뒤집어 놓은 것 같기도 하고 동글동글한 레이스 무늬 같기도 하다. '지층 습곡'을 여기서 본 것이다. 지층 습곡은 두 개의 두터운 층에 끼인 연약한 층에 지반의 변동 등으로 압력이 가해져서 마치 기와 같은 모양이 이어지는 특이한 지층으로 히메시마의 오오미해안에서 볼 수 있다. 오이타 현에서는 드문 지형으로 천연기념물로 지정되어 있다.

266미터밖에 되지 않는 나지막한 바위산, 야하즈다케(矢筈岳)도 눈길을 끈다. 바위 위에 돌출되고 들어간 부분이 점점이 있어서 마치 바위틈에 새 둥지가 수백 개는 들어찬 듯이 보인다. 자연의 침식작용이 만들어낸 예술 작품이다.

렌터카 사무실에 도착했다. 카트 속도나 승차감에 대한 설문지를 작성하고 자판기에서 차가운 음료수 두 개를 뽑아다가 감사 인사를 드렸다. 아카이시 아주머니 덕분에 다녀올 수 있었다. 아주머니가 선물이라며 벳푸산 만주를 두 개 주신다. 섬 인심은 넉넉하기도 하다.

두 아주머니에게 인사를 하고 항구로 돌아왔다. 항구 매표소 앞에는 히메시마의 특산물인 참새우와 톳을 알리는 광고지가 붙어 있고 지난 8월에 있었던 본오도리(盆踊)축제 포스터도 붙어 있다. 매년 8월 15일을 전후해서 열리는 본오도리축제 때는 밤에도 페리가 운항한다고 한다. 본오도리를 대표하는 여우 춤은 아이들이 추는 춤이다. 독특한 여우 분장과 익살스러운 춤은 언제고 꼭 보고 싶다.

아이스크림을 하나 사서 11시 35분발 페리에 올랐다. 바람 때문에 갑판에서 먹기는 어렵다. 선실로 들어왔다. 올 때는 혼자였지만 지금은 할머니 두 분과 아저씨 한 분이 앉아 있다. 눈인사를 나누고 선실 벽에 기대어 아이스크림을 먹었다. 벽에 붙은 표어 두 장이 눈에 들어온다. 섬에 있는 중학교 학생들이 쓴 표어이다. '태양과 함께 아침 인사를' '이천 명 모두에게 밝은 인사를' 표어도 섬처럼 순하다.

이미 항에 도착했다. 아카이시 상이 카트를 태워준 덕분에 일찍 페리를 탈 수 있었다. 페리도 버스도 띄엄띄엄 있어서 시간 맞추기가 쉽지 않았는데 행운을 잡은 느낌이다. 이미 항에 도착하니 12시 10분. 12시 47분에 우사 역으로 가는 버스가 있다. 우사 역에 도착하는 시간이 예정보다 훨씬 빨라졌으니 우사신궁에 다녀와야겠다.

우사 역에서 멀지 않은 곳에 우사신궁(宇佐神宮)이 있다. 신궁은 왕이나 왕실의 조상신같이 격이 높은 신을 모신 신사를 말한다. 우사신궁은 일본 전역에 4만 개가 넘는다는 하치만구(八幡宮)의 총본사로 8세기 초에 지어진 신궁이다. 우사 역에서 버스로 10분도 걸리지 않는다. 주차장을 지나 신궁 입구까지 가는 길 양옆에는 식당이나 기념품 가게, 찻집 같은 가게가 많아서 천천히 걷기에 좋다. 그곳에서 먹은 향토 음식인 단고지루도 맛있었다. 단고지루는 된장국에 넣어 먹는 일본식 수제비이다. 오늘도 단고지루로 늦은 점심을 먹고 신궁 숲속을 천천히 걷고 싶다.

우사신궁에 갔을 때는 단풍이 곱게 든 가을이었다. 봄, 여름, 겨울 경치는 어떤 모습일지 욕심이 날 정도로 우사신궁의 가을은 아름다웠다. 울창한 숲을 지나 국보로 지정된 본전과 아름다운 부속 건물을 찾아 걷는 기분도 각별했다. 석양빛을 머금고 있던 단풍 숲이 그리워진다. 이따가 늦여름의 우사신궁을 만나봐야겠다. 우사신궁도 한반도 도래인과의 관련설이 있는데 더 공부하고 찾아보려고 한다.

버스 출발까지는 아직 37분이 남았다. 항구에서 짐을 내리던 아저씨에게 주변에 가게나 식당이 있는지 물어보니 근처에는 없고 동네 안으로 들어가서 걷다 보면 터널이 나오는데 그 터널을 지나면 가게가 있다고 한다. 가게를 찾으려고 자동차가 다니는 터널까지 지나가기는 좀 그렇다. 그 터널 폭이 얼마나 좁은지는 여기 올 때 충분히 확인했다.

항구 주변을 잠깐 둘러 볼 시간이라면 충분하다. 주차장을 지나 동네 골목으로 들어간다. 동네는 조용하다. 30분간 동네를 걸으면서 본 사람은 배를 손질하는 아저씨, 어린아이를 안고 있는 할아버지 한 분이 전부이다. 마을을 천천히 둘러보아도 흔한 가게 하나 보이지 않는다. 항구터미널 안에 있는 음료 자판기가 전부이다.

가난한 여행자의 선택

항구터미널로 돌아왔다. 터미널엔 아무도 없다. 곧 버스가 올 시간이다. 손을 씻고 나오는데 버스 한 대가 다소 빠른 속도로 터미널로 들어오는 게 보인다. 가방을 챙겨 급히 나가니 버스는 제대로 서지도 않고 벌써 돌아나가는 중이다. 손을 흔들며 급히 뛰었지만 이미 떠난 뒤이다. 시계를 봤다. 47분 버스인데 지금 시각은 46분이다.

올 때 탔던 버스의 기사는 승객 세 명을 태우고 온 동네를 돌면서 타는 사람이 없는데도 십여 초는 반드시 정류장에 정차한 후 출발했다. 일본 곳곳을 다녔지만 시간 전에 출발하는 버스는 보지 못했다. 너무 어이가 없어서 5분, 화가 나서 또 5분……. 기운이 빠져 터미널 의자에 털썩 주저앉는다. 다음 버스는 무려 두 시간 뒤이다. 찻집은커녕 가게도 하나 없는 이 항구에서 두 시간을 뭘 하며 기다리나, 휑하니 가버린 기사를 원망했다. 터미널에는 나 혼자다. 페리 승선권 창구도 출발 시간이 되어야 여는지 매표구 안쪽에서 블라인드를 내려버렸다.

잠시 후 아저씨 세 사람이 들어온다. 나가는 버스는 없으니 틀림없이 히메시마로 가는 페리를 타려는 승객일 것이다. 어디에서 왔는지 갑자기 나타난 사람들이다. 두 사람은 수수한 차림, 한 사람은 청색 양복 상의에 흰 바지, 흰 운동화로 한껏 멋을 냈다. 내게 히메시마로 들어갈 건지 거기서 나왔는지를 묻는다. 좀 전에 나왔고 버스를 놓쳤는데 혹시 근처 큰 마을로 가는 교통수단이 있는지 물어보았다. 안됐다는 표정을 지으며 택시 외에는 아무것도 없다고 한다.

가뜩이나 차 시간을 맞추기 어려운 곳에서 더럭 버스를 놓치고 무려

두 시간을 기다렸다가 다시 한 시간 동안 버스를 타고 우사 역으로 간들 그다음 일정이 또 문제가 된다. 흰 바지 아저씨가 택시 회사 전화번호를 물어서 가격을 알아봐 주겠다며 터미널 사무실로 들어간다. 우사 역까지 8,000엔이라고 하신다. 대략 86,000원 정도이다. 엄청나게 고민되는 비용이다. 뚜벅이 여행자가 택시비로 이 정도 지출을 하는 건 생각해 봐야 한다. 고심했다. 택시를 부를까, 말까……. 결국 두 시간을 기다리기로 했다. 가난한 여행자의 현명한 선택이다.

동네에 아무것도 없다는 건 좀 전에 확인했고 두 시간 동안 뭘 할지 생각했다. 터미널 한쪽에 있는 히메시마 관광 안내 팸플릿까지 빠짐없이 모두 읽었다. 그래도 한 시간 반 넘게 남았다. 그래, 나가 보자. 버스를 놓친 외국인을 어떻게 도와야 하나 걱정하는 세 아저씨의 눈길을 피해 자판기에서 캔 커피를 하나 사서 터미널을 나왔다.

터미널 뒤로 길게 방파제가 이어져 있다. 방파제 끝에 빨간 등대가 보인다. 시간은 많고 많다. 별생각 없이 방파제 위로 올라갔다. 물결은 호수처럼 잔잔하다. 아래에선 보이지 않았는데 올라오니 건너편에 작은 마을이 보인다. 집집마다 나무 한 그루씩을 품고 있는 평화로운 마을이다. 낮은 전봇대 위에는 물새가 앉아 있다. 가까이 가도 미동도 않는다. 방파제 아래에서 낚싯대를 손질하던 할아버지가 '곤니찌와' 인사를 한다. 뭐가 잡히는지 물어보니 그냥 소일거리라 하신다.

버스를 놓치고 잔뜩 화가 나서 방파제에 올라왔다. 사실 지금도 택시를 타야 하나 망설이고 있다. 하지만 걷는 사이에 조금씩 마음이 가라앉는다. 바람이 부드럽게 얼굴을 간질인다. 햇살은 눈부시다. 천천히 걸어서 작은 등대 앞에 선다. 파란 하늘과 빨간 등대는 동화 속 같다.

등대 뒤로 간다. 바닥에 앉았다. 등대 그림자가 햇살을 가려준다. 물결이 바로 눈앞이다. 바람이 지나가며 괜찮다고 등을 두드린다. 버스 시간 하나 못 맞췄다고 스스로에게 났던 화가 슬그머니 가라앉는다.

아무것도 없어서 좋다

물결은 방파제에 부딪힐 때마다 찰박찰박 경쾌한 소리를 낸다. 작은 어선만 이따금 지나갈 뿐 사방은 찰박거리는 소리뿐이다. 바다에 이는 물결이 이렇게 고요할 수도 있다는 걸 처음 알았다. 물결 너머에는 히메시마가 있다. 손을 뻗으면 그녀에게 닿을 듯 가깝다. 버스를 놓치지 않았다면 이렇게 다시 그녀를 마주할 일이 없었다.

그녀는 어떤 모습이었을까? 그녀를 그려본다. 날카로운 눈매, 고집스러운 볼, 굳게 다문 입술을 한 다부진 여성이었을까? 웃는 눈, 낮은 코, 붉은 뺨의 선한 얼굴일까? 그녀는 바다를 두려워하지 않는 강한 여성이었을까? 왕자의 청혼을 피해 도망 온 겁이 많은 여성이었을까? 상상은 끝이 없다.

나는 지치지도 않고 바다와 그 너머 히메시마를 바라본다. 내 눈은

저 끝에서 이쪽 끝으로 물결 한 자락을 따라가다가 놓치고 다시 물결 한 자락을 따라잡다가 놓아주고 주거니 받거니 물결과 눈 장난을 친다. 눈은 호사를 누린다. 마음은 춤춘다. 눈앞의 바다는 축제장이 된다.

히메시마에서 아카이시 상이 카트를 태워주지 않았더라면 난 아직도 섬에 있을 것이다. 운이 좋아서 카트를 얻어 타고 그 덕분에 섬에서 일찍 나와 놓고는 버스를 놓쳤다고 혼자 화가 났었다. 이러고 보면 하루의 행운에도 질량 불변의 법칙 같은 게 존재해서 내가 얻은 행운과 다가온 불행의 양이 같아지는 건 아닐까 하는 엉뚱한 생각도 든다. 하지만 아니다. 있는 대로 행운이 찾아왔다. 여행의 막바지에 이런 꿈결 같은 휴식이 기다리고 있을 줄은 몰랐다. 어깨 위로 선선한 바람이 불어온다. 머리칼이 날린다. 저절로 입꼬리가 올라간다. 생일도 아닌데 선물을 받았다.

히메시마는 손에 꼽을 정도로 기억에 남는 곳이 될 것 같다. 살다가 문득문득 그리워져서 어느 날 정신을 차려보면 이 등대 아래 있을지도 모르겠다. 아무것도 없는 섬이지만 아무것도 없어서 좋은 곳이다. 전설에 둘러싸인 공주 히메, 그녀는 지금도 눈앞의 섬에 있는지도 모른다. 모든 걸 다 알지 못해서 더 매력적이다.

캔 커피를 마신다. 여신을 그리며 바다를 바라본다. 그녀의 비밀스러운 이야기를 듣고 싶다. 그녀는 쉽게 비밀을 털어놓을 듯싶지 않다.

한반도와 규슈 지역은 아득한 옛날부터 교류가 있었기 때문에 이런 전설이 생길 법도 하지만 의문스러운 건 공주가 한반도에서 배를 타고 온다면 바로 규슈의 서쪽에 도착하게 될 텐데 동쪽에 있는 히메시마까지 왔다는 점이다.

이 전설은 고대 사람들이 대륙에서 일본의 좁은 간몬 해협을 일부러 지나면서까지 이쪽으로 올 이유나 목표가 있었음을 의미할 것이다. 히메시마는 고대부터 바닷사람들이 살던 곳이며 그만큼 해양 신앙도 뿌리 깊었을지 모른다. 그 신앙이 전설이 되어 지금까지 남아 있는지도 모른다. 내해에 있으면서 넓은 외해와 한반도와도 교류한 장대한 꿈을 가진 섬이었는지도 모른다. 어쩌면 신사의 안내문에 나와 있던 셋쓰, 나니와, 분고 같은 지명은 한반도에서 이곳에 이르던 고대 도래인의 교통로를 암시하는지도 모른다. 이들이 신으로 모시는 그 공주는 누구였을까? 대륙의 우수한 문화를 전해준 귀인을 상징적으로 신으로 삼은 건 아닐까? 의문이 즐겁게 꼬리를 문다. 고대사의 수수께끼는 이렇게 가슴을 뛰게 한다.

등대에 기대앉아 그녀가 품은 비밀을 상상한다. 그사이 작은 어선 몇 척이 지나갔고 히메시마로 가는 페리가 출발했다. 흰 바지 아저씨 일행이 오랫동안 손을 흔들어 주었다.

바다를 본다. 바다의 결이 이렇게 입체적인지 몰랐다. 가만히 손을 대면 결이 느껴질 것 같다. 물결이 조금씩 거칠어진다. 너울거리는 물결 끝으로 하얀 거품이 잡힌다.

넉넉히 버스 시간에 맞춰 일어났다. 방파제 위를 걷는다. 한쪽에서는 항구 앞에 들어온 바닷물이 찰박거린다. 다른 한쪽에서는 물새들이 큰 원을 그리며 날아다닌다.

터미널로 돌아왔다. 버스를 놓치고 택시비와 기다림 속에서 갈등하던 그 여자는 이제 없다. 여행의 막바지에 얻은 건강한 에너지로 충만하다. 히메시마의 그녀가 준 선물이다.

터미널 앞에 자전거가 여러 대 놓여 있다. 아침에 부지런히 페달을 밟아 여기까지 와서 페리를 타고 육지에 있는 회사로, 학교로 갔을 것이다. 바구니에 분홍색 나비가 달린 자전거도 서너 대 보인다. 나비를 달고 바람을 가르며 섬을 달리는 자전거, 히메시마에 어울리는 풍경이다.

버스를 또 놓치면 큰일이니 터미널 밖에 서서 버스를 기다린다. 정시에 버스가 왔다. 승객은 없다. 우사 역까지 가는 한 시간 동안 중간에 여학생 한 명이 탔다가 내린 걸 끝으로 줄곧 혼자였다. 두 시간에 버스한 대라고 투덜거렸지만 이 정도라면 하루에 두 대라 해도 불평하기 힘들다.

우사 역에 도착했다. 이미 항에서 버스를 놓치지 않았더라면 우사신궁에 다시 들를 생각이었는데 그만두기로 했다. 우사신궁은 상상을 넘는 넓이이기 때문에 시간이 넉넉할 때 다시 가고 싶다.

예전에 우사 역 앞에 작은 식당이 있었다. 그대로 있어서 반가움에 문을 여니 닫혀 있다. 유리창 안으로 테이블이며 의자도 그대로인데

문 앞에 붙은 종이를 보니 닫은 지 꽤 된 듯하다. 역 주변엔 찻집도 하나 없다. 갖가지 야채를 놓고 파는 노점, 작은 미용실, 그 외엔 역에 있는 음료 자판기뿐이다.

하카타행 기차가 왔다. 기차에 오른다.

일주일 전 이곳, 하카타에 돌아왔다.

히메시마를 품은 바다를 떠올린다. 등대 아래서의 휴식을 생각한다.

그녀의 얼굴을 그린다. 호기심에 찬 눈, 날 선 코, 고집스럽게 다문 입.

먼 땅을 향해 두려움 없이 바다로 뛰어든 그녀.

나는 잡힐 듯 말 듯한 '끈'을 잡으려 손을 내민다.

규슈에서 보내는 마지막 밤이다.

내일 아침이면 집으로 돌아간다.

바삐 흐르는 시간 속에서 어느 날 문득 히메시마가 떠오를 것이다.

그리고 오늘의 기억을 꺼내 보물처럼 펼쳐볼 것이다.

그녀가 주인인 섬, 햇빛은 찬란했고 바람은 당당했다.

에필로그- 다시 제자리에 서다

후쿠오카를 떠나기 전날 밤 '윤동주의 시를 읽는 모임'의 마나기 회장을 다시 만났습니다.

첫날 저녁과 마지막 날 저녁을 그녀와 함께했습니다.

이 여행이 마치 돌고 도는 커다란 원 같습니다.

일주일 동안 두 나라의 '끈'을 찾아가는 여행을 마쳤습니다.

해결되지 못한 역사의 현장에서 묵직한 분노를 느꼈습니다.

슬픔을 누르며 눈물을 참았습니다.

윤동주의 시를 읽고 있는 사람들을 만났습니다.

초로의 회원들이 시를 읽는 모습은 진지하고 아름다웠습니다.

애정 어린 눈으로 한국을 바라보는 사람들에게 작은 위로를 받았습니다.

그들과의 만남에서 두 나라 사이에 흐르는 온기를 느끼기도 했습니다.

마나기 회장의 방송 인터뷰를 보았습니다.

그녀의 말이 가슴에 울립니다.

"이곳은 윤동주가 죽은 장소지만 형무소 흔적이 있는 것도 아니고 시비가 있는 것도 아니며 아무것도 없다. 하지만 그의 시와 정신은 영원히 살아 있고 그가 죽은 지 수십 년이 지났지만 우리가 여기서 시를 읽고 있다는 것 자체가 그가 지금도 살아 있다는 증거이다. 그것을 한국인들에게 알려주고 싶다. 우리는 그를 죽인 민족일지 모르지만 그래도 우리가 여기서 공부를 하고 그의 시를 읽고 있다는 것 자체가 중요하다고 생각한다."

제가 찾으려던 '끈'의 의미를 알 것 같습니다.

손에 잡히지 않아서, 닿지 않아서 안타깝던 그 '끈'의 의미가 다가옵니다.

이제 손을 뻗어 그 끈을 잡을 차례입니다.

이름 없는 도공들, 군함도에서 스러진 젊음…….

이 여행으로 그분들을 위로해 드리고 싶었지만 제가 더 큰 위로를 받았습니다.

잊지 않고 기억하겠습니다.

여행을 함께 해 주신 당신에게 감사드립니다.